SIR ARTHUR CONAN DOYLE
SHERLOCK HOLMES

ILUSTRADO

Dados Internacionais de Catalogação na Publicação (CIP) de acordo com ISBD

D754m   Doyle, Arthur Conan

           Um estudo em vermelho / Arthur Conan Doyle; traduzido por
           Monique D'Orazio; ilustrado por Arianna Bellucci. - Jandira, SP : Ciranda
           Cultural, 2023.
           216 p. ; il; 13,20cm x 20,00cm. (Sherlock Holmes Ilustrado).

           Título original: A study in scarlet
           ISBN: 978-85-380-9319-0

           1. Literatura inglesa. 2. Aventura. 3. Detetive. 4. Mistério. 5. Suspense.
           I. D'Orazio, Monique. II. Bellucci, Arianna. III. Título. IV. Série.

                                                        CDD 823.91
           2022-0438   CDU 821.111-3

Elaborado por Lucio Feitosa - CRB-8/8803

Índice para catálogo sistemático:
Literatura inglesa 823.91
Literatura inglesa 821.111-3

Copyright: © Sweet Cherry Publishing [2019]
Adaptado por Stephanie Baudet
Licenciadora: Sweet Cherry Publishing United Kingdom [2021]

Título original: *A study in scarlet*
Baseado na obra original de Sir Arthur Conan Doyle
Capa: Arianna Bellucci e Rhiannon Izard
Ilustrações: Arianna Bellucci

© 2023 desta edição:
Ciranda Cultural Editora e Distribuidora Ltda.
Tradução: Monique D'Orazio
Preparação: Paloma Blanca Alves Barbieri
Revisão: Karine Ribeiro e Ana Paula Uchoa

1ª Edição em 2023
www.cirandacultural.com.br
Todos os direitos reservados. Nenhuma parte desta publicação pode ser
reproduzida, arquivada em sistema de busca ou transmitida por qualquer meio,
seja ele eletrônico, fotocópia, gravação ou outros, sem prévia autorização do
detentor dos direitos, e não pode circular encadernada ou encapada de maneira
distinta daquela em que foi publicada, ou sem que as mesmas condições sejam
impostas aos compradores subsequentes.

SHERLOCK HOLMES ILUSTRADO

UM ESTUDO EM VERMELHO

Ciranda Cultural

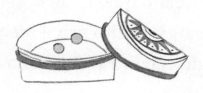

Capítulo um

Conheci Sherlock Holmes por acaso. Eu acho estranho que acontecimentos aleatórios possam ter um impacto tão grande na vida de alguém, mas foi exatamente o que aconteceu naquele dia em Londres.

Eu tinha voltado para a cidade em 1879, depois que um ferimento a bala no ombro encerrou minha carreira como cirurgião do exército. Minha pensão mal cobria as

Sir Arthur Conan Doyle

despesas de um quarto de hotel, e minha saúde muito frágil me impedia de encontrar trabalho como médico.

Eu estava tomando uma bebida no Criterion Bar e pensando em como poderia encontrar um lugar mais barato para morar quando alguém me deu um tapinha no ombro. Eu me virei e encontrei o jovem Stamford, que havia sido meu assistente quando eu era médico no Hospital São Bartolomeu.

Foi bom ver um rosto conhecido, então o convidei para almoçar. Pegamos um cabriolé

Um estudo em vermelho

de aluguel e, enquanto sacudíamos pelas ruas movimentadas de Londres, contei a ele brevemente sobre minhas aventuras até chegarmos a

Cabriolé

Um meio de transporte público rápido e relativamente barato, ideal para duas pessoas. Pode fazer curvas rapidamente sem tombar, apesar de só ter duas rodas. O cabriolé mais comum em Londres se chama *Hansom Cab*. O condutor se senta do lado de fora, atrás da cabine, para que os passageiros possam ter privacidade e conversar.

Outra opção é o *Clarence Cab*, carruagens de quatro rodas, também apelidadas de *"growlers"* ["resmungonas"] por causa do barulhão que fazem sobre as pedras da rua. São úteis para grupos de mais de duas pessoas ou para levar bagagem.

um restaurante. Conforme íamos conversando, eu percebi o quanto andava me sentindo sozinho.

– Coitado de você – disse Stamford, enquanto nos sentávamos à mesa e pegávamos o cardápio. – Seus ferimentos ainda devem incomodar. O que você anda fazendo agora?

– Procurando um lugar para morar – respondi. – E me perguntando se é possível conseguir uma moradia confortável a um preço razoável.

– Que estranho – disse Stamford. – Você é o segundo homem a me dizer isso hoje.

Um estudo em vermelho

– E quem foi o primeiro? – perguntei.

– Um colega que trabalha no laboratório químico do hospital – respondeu meu amigo. – Ele não consegue achar ninguém para dividir um apartamento muito bom que ele encontrou para alugar na Baker Street.

– Pois ele acabou de encontrar! – exclamei. – Prefiro dividir um lugar com alguém a morar sozinho.

Stamford me olhou de um jeito estranho por cima do copo.

– Você ainda não conhece Sherlock Holmes – disse ele. – Talvez não vá gostar de tê-lo como um companheiro constante.

Sir Arthur Conan Doyle

— O que há de errado com ele?

— Ah, nada – Stamford se apressou a responder. – Ele tem umas ideias um tanto estranhas, mas é um sujeito bem decente. Ele sabe muito sobre química e gosta de colecionar conhecimentos triviais. Não tenho ideia de quais são seus planos de carreira.

— Você já perguntou a ele?

Stamford negou com a cabeça.

— Ele não é um homem que fala muito sobre si... Ou sobre qualquer coisa, na verdade.

Um estudo em vermelho

– Eu gostaria de conhecê-lo – respondi, ansioso. – Um homem tranquilo e estudioso parece atender exatamente às minhas preferências. Já convivi com barulho e emoção suficientes no Afeganistão.

– Então vamos ao laboratório depois do almoço – disse Stamford.

Enquanto seguíamos para o hospital, Stamford me contou mais alguns detalhes sobre o homem que eu estava prestes a conhecer.

– Não me culpe se você não se der bem com ele – disse Stamford. – Eu só o encontrei algumas vezes no laboratório.

Sir Arthur Conan Doyle

– Se não nos dermos bem, vai ser fácil nos separarmos – disse eu. – Mas me parece, Stamford – acrescentei, olhando fixamente para ele –, que há um motivo para você não querer ser responsabilizado. O que é? Diga-me honestamente.

Stamford riu.

– Holmes parece ter sangue-frio. Acho que, se ele estivesse fazendo um experimento, não hesitaria em testar no próprio amigo para ver o que aconteceria. Não por maldade, veja bem, mas apenas por curiosidade… E ele também testaria em si mesmo. Ele parece ter uma

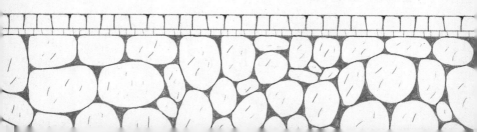

Um estudo em vermelho

paixão especial por conhecimento definitivo e exato.

– Isso é algo bom.

– Sim, mas não em excesso.

Refleti sobre isso até chegarmos ao hospital.

Capítulo dois

— Chegamos — disse meu companheiro, quando saímos do cabriolé. — Você deve julgar por si mesmo.

Viramos em uma rua estreita e entramos no hospital por uma pequena porta lateral. Depois de serpentearmos pelos corredores do prédio, chegamos ao laboratório químico. Bancadas largas e baixas estavam cobertas com tubos de

Um estudo em vermelho

ensaio e bicos de Bunsen com bruxuleantes chamas azuis. Só havia um homem no laboratório, curvado sobre uma bancada e compenetrado em seu trabalho. De repente, ele pulou de prazer.

– Encontrei! Encontrei! – Ele correu em nossa direção com um tubo de ensaio na mão. – Eu encontrei um reagente que reage com a hemoglobina no sangue! – Seu rosto brilhava com um deleite que não poderia ter sido maior se ele tivesse encontrado ouro.

– Doutor Watson, conheça o senhor Sherlock Holmes – disse Stamford, apresentando-nos.

Sir Arthur Conan Doyle

– Como vai? – O homem agarrou minha mão com uma força inacreditável. – Percebo que você esteve no Afeganistão.

– Mas como é que você sabe disso? – perguntei, espantado.

Hemoglobina

Uma substância do sangue que dá a ele a cor vermelha e que carrega oxigênio dos pulmões para todas as células do corpo. O sangue com oxigênio é vermelho-vivo. As artérias transportam esse sangue diretamente do coração para todas as partes do corpo, enquanto as veias transportam o sangue de volta para o coração. Quando retorna ao coração, o sangue já perdeu a maior parte de seu oxigênio e ficou com a cor mais escura. Para salvar vidas, é vital saber se alguém está sangrando de uma veia ou de uma artéria usando essa diferença de coloração.

Sir Arthur Conan Doyle

– Não importa – disse ele, rindo para si mesmo. – Bem, sobre o teste de hemoglobina, sem dúvida, você vê o significado disso, não?

– Interessante, sem dúvida.

– Ora, homem, é a descoberta mais prática feita em anos. Ela nos dá um teste confiável para manchas de sangue!

Ele me agarrou pela manga do casaco e me arrastou até a bancada em que estava trabalhando.

– Vamos pegar um pouco de sangue fresco – disse ele, espetando uma agulha no dedo e colocando uma gota de sangue em uma pipeta. – E adicioná-lo a um litro de água. Você vê como agora parece

Um estudo em vermelho

água pura? O sangue está completamente diluído.

Na mistura, ele jogou alguns cristais brancos e acrescentou algumas gotas de um líquido transparente. Em um instante, o conteúdo se tornou marrom-avermelhado e, depois, um pó acastanhado afundou no fundo do frasco de vidro.

– Rá! – ele gritou, batendo palmas como uma criança pequena com um brinquedo novo. – O que você achou disso?

– Parece ser um teste muito preciso – respondi.

Sir Arthur Conan Doyle

– Os testes antigos eram confusos e incertos. Se este teste tivesse sido inventado anos atrás, centenas de homens que agora estão livres teriam cumprido pena por seus crimes.

– Certamente – disse eu.

– Muitas causas criminais dependem de um ponto: será que as manchas acastanhadas nas roupas do culpado são de lama, de ferrugem, de frutas ou de... sangue? Agora existe um teste confiável: o teste de Sherlock Holmes.

Um estudo em vermelho

Dito isso, ele colocou a mão no coração e se curvou para uma plateia imaginária.

– Você está de parabéns – elogiei, surpreso com seu entusiasmo. Eu tinha noção, é claro, de como esse teste seria útil para a polícia.

Holmes me deu um sorriso cortês e colocou um curativo no dedo que havia perfurado. Pude ver que suas mãos estavam cobertas por pedaços semelhantes de bandagens e manchados por ácidos fortes.

– Viemos aqui a negócios – disse Stamford, sentando-se em uma banqueta e empurrando outra na minha direção com o pé. – Meu amigo aqui está procurando um

Sir Arthur Conan Doyle

lugar para morar e você estava reclamando que não tinha ninguém com quem dividir o seu apartamento. Então, pensei em colocar vocês dois em contato.

   Sherlock Holmes parecia encantado com a ideia de dividir um apartamento comigo.

   – Estou de olho em um apartamento na Baker Street que me serviria perfeitamente – disse ele. – Eu geralmente tenho produtos químicos e, de vez em

22

Um estudo em vermelho

quando, faço experimentos. Isso incomodaria você?

– Certamente que não – respondi, embora, no meu íntimo, estivesse me sentindo um pouco apreensivo.

– Deixe-me ver – continuou o senhor Holmes, com o olhar fixo no nada. – Quais são os meus outros defeitos? Fico um pouco deprimido às vezes e não falo por dias a fio. Você não deve pensar que estou de mau humor quando faço isso. Apenas me deixe em paz e eu ficarei bem. E você? É bom que saibamos o pior um do outro antes de começarmos a viver juntos.

– Bem, eu não gosto de ruídos altos porque meus nervos ficaram abalados

Sir Arthur Conan Doyle

depois do combate. Eu me levanto nas piores horas e sou extremamente preguiçoso. Ainda guardo meu antigo revólver de serviço, mais por questão sentimental do que para uso prático. Tenho outros tipos de vícios quando estou bem, mas esses são os que eu lembro no momento.

– Tocar violino faria parte de sua lista de aborrecimentos?

– Depende de quem estiver tocando – respondi. – Um violino bem tocado é um agrado para os deuses, mas um violino mal tocado...

– Ah, está tudo bem! – ele exclamou com uma

Um estudo em vermelho

risada alegre. – Acho que estamos de acordo se os aposentos forem adequados para você. Venha me ver aqui amanhã ao meio-dia e iremos juntos resolver tudo.

Trocamos um aperto de mãos. Stamford e eu o deixamos trabalhando com seus produtos químicos e caminhamos juntos em direção ao meu hotel.

– A propósito – perguntei de repente, parando e me virando para ele. – Como é que ele soube que eu vim do Afeganistão?

Meu companheiro sorriu de um jeito misterioso.

– Essa é apenas a pequena peculiaridade dele – respondeu.

Sir Arthur Conan Doyle

– Muitas pessoas se perguntam como ele sabe as coisas que ele sabe.
– Ah, é um mistério, então?
– Esfreguei as mãos em antecipação.
– Estou muito grato a você por nos apresentar. O estudo de um homem me interessa bastante.
– Você vai achar que ele é um problema bem complicado – disse Stamford, ao se despedir de mim.
– Aposto que ele vai aprender mais sobre você do que você sobre ele.
Apertamos as mãos e eu entrei no meu hotel, pensando muito no meu novo colega.

Capítulo três

No dia seguinte, encontrei Sherlock Holmes conforme combinado, e fomos ver as acomodações no número 221B da Baker Street. Dois quartos confortáveis e uma grande sala de estar ocupavam o primeiro e o segundo andar, com duas amplas janelas com vista para a rua.

O custo do aluguel era bem razoável, então concordamos de

Um estudo em vermelho

imediato em morar no apartamento. Voltei ao hotel para recolher meus pertences e os trouxe naquela mesma noite. Sherlock Holmes se mudou na manhã seguinte, com várias caixas e malas, e nós dois começamos a desempacotar e a arrumar as coisas. Eu estava contente, tanto com minhas acomodações quanto com meu colega de apartamento.

Não era difícil conviver com Holmes. Ele quase sempre ia para a cama antes das dez horas da noite e saía de casa antes que eu me levantasse pela manhã. Frequentemente, ele trabalhava em um ritmo quase febril no hospital,

Sir Arthur Conan Doyle

mas, como havia descrito, às vezes parecia cair em uma espécie de melancolia e passava dias apenas recostado no sofá, quase sem pronunciar uma palavra.

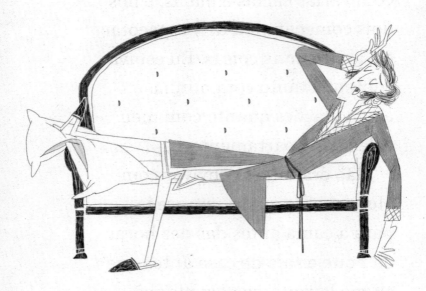

Fui ficando cada vez mais intrigado com aquele homem.

Um estudo em vermelho

Até mesmo sua aparência e seus modos eram incomuns. Ele era o tipo de pessoa que chamava a atenção, já que tinha mais de um metro e oitenta de altura e era tão esguio que parecia ainda mais alto. Seus olhos eram penetrantes, e seu queixo e nariz de falcão o faziam parecer decidido e alerta.

Eu tinha tempo mais que suficiente para estudar Holmes, pois ainda não estava bem o bastante para continuar trabalhando como médico, nem mesmo para me aventurar fora de casa, a menos que o tempo estivesse ameno. Eu não tinha amigos que pudessem vir me visitar, então gostava do mistério

que pairava em torno de Holmes.
Eu ainda não sabia exatamente
o que ele fazia. Ele tinha enorme
interesse em alguns assuntos, mas
nenhum em outros. Sabia de muitos
fatos aleatórios, mas nenhum que
fosse abrir as portas para qualquer
tipo de carreira. Já de outros
conhecimentos mais gerais, ele era
ignorante. Descobri que ele nada
sabia do sistema solar e eu não
conseguia acreditar que, no século
XIX, pudesse haver alguém que
não soubesse que a Terra girava em
torno do Sol.

– Você parece surpreso – disse
ele. – Mas agora que eu já sei, farei o
meu melhor para esquecer.

Um estudo em vermelho

– Para esquecer?

– Veja – explicou ele –, acredito
que o cérebro humano é como um
sótão vazio: você pode colocar o que
quiser nele, mas não é elástico, então
você deve escolher com sabedoria
o que considera importante para
guardar ali.

– Mas é o sistema solar! –
protestei.

– De que adianta isso para mim?
– questionou, impaciente. – Você diz
que damos a volta no Sol. Se fosse ao
redor da Lua, não faria um pingo de
diferença, nem para mim nem para o
meu trabalho.

Esta teria sido uma oportunidade
de perguntar com o que ele

Sir Arthur Conan Doyle

trabalhava, mas algo em sua expressão me impediu. Decidi, no entanto, escrever o que havia descoberto até o momento.

Depois de completar a lista, eu a joguei na lareira, frustrado. Eu queria saber que tipo de ocupação precisava de todas aquelas habilidades que eu havia listado.

Eu disse que ele tocava bem o violino; mas, assim como seu temperamento, sua prática era errática. Ele tocava algumas peças difíceis que eram agradáveis, mas, quando deixado por conta própria, recostava-se na poltrona e raspava a esmo o violino apoiado sobre

Sherlock Holmes

Conhecimentos

- Química (conhecimento vasto). Faz muitos experimentos
- Um especialista em venenos à base de plantas, mas ignorante em jardinagem
- Consegue distinguir diferentes solos e tipos de lama
- Exímio boxeador e espadachim
- Sabe muito sobre anatomia humana e animal
- Especialista em Direito britânico e história criminal — conhece cada detalhe de cada crime horrendo cometido neste século
- Toca bem o violino

Desconhecimentos

- Literatura
- Filosofia
- Astronomia
- Política

Sir Arthur Conan Doyle

seus joelhos. Então não havia melodias reconhecíveis, mas elas tinham humores definidos, como se ele estivesse expressando seus pensamentos pela música. Podiam ser tristes e melancólicos ou fantásticos e alegres. Era algo que podia ser difícil para quem ouvia, mas ele sempre compensava tocando algumas das minhas músicas favoritas depois.

Durante a primeira semana, não recebemos visitas, mas, depois, várias pessoas começaram a vir nos visitar, aparentemente de todas as classes sociais. Fui apresentado a um sujeitinho pálido com cara de rato, chamado senhor Lestrade,

Um estudo em vermelho

que veio três ou quatro vezes em uma semana. Outro dia, veio uma moça. Ela era jovem, estava vestida com elegância e ficou por cerca de meia hora. Naquela mesma tarde, um sujeito de cabelos grisalhos e aparência adoentada e, depois, uma senhora idosa um tanto desarrumada.

Quando essas pessoas chegavam, Holmes lamentava pelo inconveniente, mas pedia que eu ficasse no meu quarto durante a visita.

– Tenho que usar esta sala como meu local de trabalho – disse ele –, e essas pessoas são meus clientes.

Fiquei ainda mais intrigado.

Capítulo quatro

Certa manhã, acordei mais cedo do que de costume e encontrei Holmes tomando seu café da manhã. A dona do apartamento, a senhora Hudson, ainda não havia preparado meu café, então toquei o sino para chamá-la. Em seguida, peguei uma revista e comecei a folheá-la, enquanto meu companheiro mastigava sua torrada.

Um dos artigos tinha uma marca de lápis ao lado, então naturalmente

Um estudo em vermelho

comecei a ler. Era ambiciosamente intitulado "O livro da vida".

Uma pessoa observadora
pode aprender muito por
meio de um exame preciso
e sistemático de tudo o que
encontra em seu caminho.

O escritor afirmava ser capaz de ler os pensamentos mais íntimos de uma pessoa por meio de uma expressão momentânea, como a contração de um músculo ou relance de um olho, e que nenhum engano ou mentira poderia passar despercebido para alguém treinado em observação e análise.

Sir Arthur Conan Doyle

Suspirei com impaciência, mas continuei até o fim. O escritor passou então a dizer:

A arte da ciência e da dedução requer um estudo longo e paciente, para o qual uma vida inteira não é suficiente. Antes de examinar os aspectos mais difíceis de um assunto, deve-se começar pelos aspectos mais elementares. Ao conhecer alguém, deve-se aprender a deduzir sua história e sua profissão com um breve olhar. Pelas unhas, manga do casaco, botas, joelhos da calça, mãos e expressão, pode-se dizer sua ocupação.

Um estudo em vermelho

– Quanta bobagem! – exclamei, jogando a revista na mesa. – Nunca li tamanho absurdo em toda a minha vida!

– O que é? – perguntou Holmes.

– Este artigo. Vejo que você leu, porque o marcou. Não nego que foi escrito de maneira inteligente, mas me irrita. Deve ser a teoria de algum doutor em sofá, pois não é nada prática. Eu queria ver se ele fosse colocado em um vagão de terceira classe no metrô e que lhe pedissem para adivinhar as ocupações dos companheiros de viagem. Eu apostaria que ele seria incapaz de conseguir.

– Você perderia seu dinheiro
– disse Holmes, calmamente.

– Eu mesmo escrevi esse artigo.

– Você!

– Sim. Tenho talento para observação e dedução. Essas teorias são extremamente práticas; tão práticas que faço delas o meu ganha-pão.

– E de que forma? – perguntei.

Enfim eu estava prestes a conhecer sua profissão.

– Bem, suponho que sou o único no mundo; isto é, um detetive consultor. Aqui em Londres temos muitos detetives a serviço do governo e muitos detetives particulares.

Um estudo em vermelho

Quando esses sujeitos têm um problema, eles me procuram. Eles apresentam todas as evidências diante de mim e, em geral, posso esclarecê-las com a ajuda do meu conhecimento de história do crime. Lestrade é um detetive bem conhecido. Ele teve um problema recentemente, por causa de um caso de falsificação, e foi isso que o trouxe aqui.

– E as outras pessoas?

– Todas estão enfrentando problemas e precisam de ajuda. Eu ouço a história delas, elas ouvem minhas constatações, e então eu embolso meus honorários.

Sir Arthur Conan Doyle

– Você está dizendo que, sem sair do seu quarto, consegue desfazer algum nó que as pessoas não conseguem, mesmo que elas tenham visto todos os detalhes por si mesmas?

– Exatamente – disse Holmes. – De vez em quando, surge um caso que exige que eu vá e veja as coisas com meus próprios olhos. Como pode ver, eu tenho muito conhecimento que aplico aos problemas, e a observação é uma habilidade nata para mim. Você pareceu surpreso quando eu disse

Um estudo em vermelho

em nosso primeiro encontro que você tinha vindo do Afeganistão.

– Contaram para você, sem dúvida.

– Nada disso. Eu soube imediatamente que você tinha voltado do Afeganistão. Em uma fração de segundos, pensei, aqui está um cavalheiro que é médico, mas com ar de militar. Claramente um médico do exército, então. Ele acabou de chegar dos trópicos porque seu rosto está moreno, e essa não é a tonalidade natural de sua pele, pois seus pulsos são claros. Ele enfrentou algumas dificuldades e doenças, como seu rosto abatido

Sir Arthur Conan Doyle

bem mostra. O braço esquerdo dele foi ferido porque ele o mexe com cuidado, de maneira rígida e não natural. Onde, nos trópicos, um médico do exército inglês poderia ter passado por tantas adversidades e ter o braço ferido? Claramente no Afeganistão.

– É bastante simples quando você explica – eu disse com um sorriso.

Pensei comigo mesmo que Holmes era inteligente, mas ele já sabia daquilo bem demais. Fui até a janela e olhei para a rua lá embaixo.

– Não há crimes ou criminosos hoje em dia – disse Holmes. – Para que serve o cérebro? Eu sei que

Um estudo em vermelho

posso tornar meu nome famoso, pois não há ninguém mais que tenha se dedicado tanto à resolução de crimes quanto eu. Mas do que isso adianta? Não há crime que não seja tão simples que um agente da Scotland Yard não possa resolvê-lo.

Eu estava ficando farto de sua arrogância, então decidi mudar de assunto.

– O que será que aquele sujeito está procurando? – perguntei, apontando para um homem vestido com simplicidade que vinha caminhando devagar pelo outro lado da rua e olhando ansiosamente para os números nas portas. Em sua mão,

Sir Arthur Conan Doyle

ele trazia um grande envelope azul.
Ele era evidentemente o portador de
uma mensagem.

— Você quer dizer o sargento
aposentado dos fuzileiros navais?
— perguntou Holmes, quando se
juntou a mim na janela.

"Seu convencido", pensei. "Você
sabe que não tenho como comprovar
seu palpite."

De repente, o homem avistou
o número do nosso apartamento,
atravessou a rua e logo ouvimos
uma batida forte na porta, vozes no
corredor e seus passos pesados na
escada.

A porta se abriu.

Um estudo em vermelho

— Para o senhor Sherlock Holmes — disse o homem, entrando na sala e entregando uma carta ao meu amigo.

Ali estava minha oportunidade de dar uma lição em Holmes.

— Posso perguntar, meu bom homem, qual seria o seu ofício?

Sir Arthur Conan Doyle

– Comissário, senhor – disse ele, rispidamente. – Estou sem uniforme porque mandei remendar.

– E o senhor era…? – perguntei, com um olhar ligeiramente mesquinho para Holmes.

– Sargento, senhor. Infantaria Ligeira da Marinha Real. Sem resposta, senhor?

Comissário

Confiáveis e verdadeiros, comissários geralmente são membros aposentados ou feridos das forças armadas que encontram emprego como porteiros ou oficiais de segurança. São muito leais aos seus empregadores. Astutos e observadores, eles são testemunhas ideais.

Um estudo em vermelho

Ele bateu os calcanhares, ergueu a mão em saudação e foi embora.

Fiquei surpreso com aquela nova prova das habilidades de Holmes, mas, no fundo da minha mente, eu me perguntei se havia sido planejada apenas para me impressionar. Olhei para Holmes e percebi que ele havia terminado de ler o bilhete.

Seus olhos tinham uma expressão vazia, como se estivesse perdido em pensamentos.

– Como foi que você deduziu isso? – perguntei.

– Deduzi o quê? – Ele pareceu irritado.

– Que ele era um sargento aposentado dos fuzileiros navais.

Sir Arthur Conan Doyle

– Não tenho tempo para isso – disse ele rapidamente, mas depois sorriu. – Desculpe a grosseria, mas você quebrou minha linha de pensamentos. Então você não conseguiu ver por si mesmo que ele era um sargento dos fuzileiros navais?

– Não, não consegui.

– Mesmo do outro lado da rua, pude ver uma grande âncora azul tatuada no dorso de uma de suas mãos. Isso me deu a conexão com o mar. Ele tinha o andar de um militar, assim como as costumeiras costeletas. Aí temos a Marinha. Ele era um homem com certa

Um estudo em vermelho

importância e um ar de comando.
Você deve ter notado a maneira
como ele sustentava a cabeça. Um
homem de meia-idade estável,
respeitável: todos os fatos que me
levaram a acreditar que ele era
um sargento.

– Incrível! – exclamei.

– Óbvio – disse Holmes, embora eu
tenha percebido por sua expressão
que ele estava satisfeito com minha
surpresa e admiração. – Há pouco,
eu disse que não havia criminosos,
mas me enganei, ao que parece.
Basta olhar para isso! – Ele me
entregou o bilhete que o comissário
havia trazido. – Você se importaria
de ler em voz alta?

Sir Arthur Conan Doyle

– Gregson é o policial mais astuto da Scotland Yard – disse Holmes.
– Ele e Lestrade são a exceção em um grupo de policiais ruins. Ambos são enérgicos, mas extremamente convencionais. Nenhum deles tem a capacidade de pensar além dos limites do que lhe ensinaram. Eles são tão invejosos quanto um par de rainhas da beleza. Se ambos estiverem envolvidos, haverá um pouco de diversão neste caso.

– Certamente não há um momento a perder! – exclamei, espantado com sua lentidão em agir. – Devo chamar um cabriolé de aluguel?

Meu caro senhor Sherlock Holmes,

Houve um incidente durante a noite em Lauriston Gardens, 3, perto da Brixton Road. Um policial viu uma luz ali por volta das duas da manhã e, como a casa estava vazia, suspeitou de que algo estivesse errado. Ele encontrou a porta aberta e, na sala da frente, deparou-se com o corpo de um cavalheiro bem-vestido. No bolso dele, havia um cartão de visitas com o nome Enoch J. Drebber, Cleveland, Ohio, EUA.

Não houve roubo, nem há evidências de como o homem morreu. Há sangue na sala, mas não há ferimentos no corpo. A coisa toda é um quebra-cabeça. Se o senhor puder vir a qualquer hora antes do meio-dia, me encontrará aqui. Deixei tudo como está até o senhor dar uma olhada. Se não puder vir, darei todos os detalhes e consideraria uma grande gentileza se pudesse me dar sua opinião.

Com os melhores cumprimentos,
Tobias Gregson

Sir Arthur Conan Doyle

— Não tenho certeza se devo ir — disse Holmes, caminhando até uma janela e olhando preguiçosamente para fora. — Eu realmente sou um sujeito bem preguiçoso, embora possa ser ativo se a situação exigir.

— Esta é, com certeza, a chance pela qual você estava esperando, não?

— Meu caro amigo, o que isso importa para mim? Se eu desvendar todo o mistério, é fato que Gregson e Lestrade ficarão com todo o crédito, já que eles são os oficiais encarregados do caso.

— Mas ele implora pela sua ajuda.

— Sim, ele sabe que sou superior a ele, e reconhecerá isso para mim,

Um estudo em vermelho

mas nunca para outra pessoa. Enfim, podemos ir até lá dar uma olhada. Vou resolver isso do meu próprio jeito, além do mais vou poder rir deles. Vamos!

Ele correu para colocar o casaco e se alvoroçou mostrando que o humor enérgico havia ultrapassado o preguiçoso.

– Pegue seu chapéu – disse ele.

– Quer que eu vá junto?

– Quero, se você não tiver nada melhor para fazer.

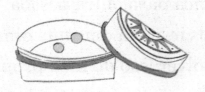

Capítulo cinco

Um minuto depois, ambos estávamos em um cabriolé seguindo furiosamente em direção à Brixton Road. Holmes estava no melhor dos humores, tagarelando sobre violinos e as diferenças entre eles, mas eu ia em silêncio, sentindo-me um pouco deprimido, tanto pelo tempo ruim e chuvoso quanto pelo triste incidente que estávamos prestes a testemunhar.

Um estudo em vermelho

– Você não parece estar dando muita atenção ao caso – comentei.

– Seria um erro fazer suposições antes de termos todas as evidências. Acabaria influenciando o julgamento.

– Você terá todas as evidências em breve – comentei, apontando. – Esta é a Brixton Road e aquela é a casa, se não me engano.

– E é mesmo. Pare, condutor, pare!

Ainda estávamos a cem metros de distância, mas Holmes insistiu que terminássemos nossa jornada a pé.

A residência de número 3 em Lauriston Gardens tinha uma aparência ameaçadora. Era uma das quatro residências levemente recuadas da rua; duas ocupadas e duas vazias. As vazias tinham janelas fechadas com tábuas e placas de "Aluga-se" fixadas nelas. Os pequenos jardins da frente estavam cobertos de mato, e cada um tinha um caminho de cascalho amarelado e enlameado pela chuva, que conduzia até a porta. Na frente, separando os jardins da calçada, havia uma mureta de tijolos de cerca de um metro com uma fileira de grade de madeira. Um policial estava apoiado nessa mureta, contendo firmemente o pequeno grupo de curiosos que esticava o pescoço para

Um estudo em vermelho

ver qualquer detalhe do que estava acontecendo na casa.

Imaginei que Holmes fosse entrar correndo na casa, mas, em vez disso, ele caminhava de um lado para o outro na calçada, olhando vagamente

Sir Arthur Conan Doyle

para o chão, para o céu, para as casas em frente e para a fileira de grades. Então, enquanto eu observava com curiosidade, ele andou lentamente pelo caminho de entrada, mantendo os olhos fixos no chão. Ele parou duas vezes e, em uma dessas paradas, eu o vi sorrir e exclamar de satisfação. Havia muitas pegadas no solo úmido e, como a polícia ia e vinha ali sem parar, não conseguia imaginar como poderia haver marcas significativas visíveis para Holmes. Ainda assim, ele mostrou que podia deduzir coisas que outros não podiam, e eu não tinha dúvidas de que ele havia descoberto algo com suas observações atentas.

Um estudo em vermelho

Na porta da casa, fomos recebidos por um homem alto e loiro, de rosto branco e com um caderno nas mãos.

Ele veio até nós às pressas e apertou vigorosamente a mão de Holmes.

– É muita gentileza de sua parte ter vindo – disse ele. – Eu deixei tudo intocado.

– Exceto isso – disse meu amigo, apontando para o caminho. – Se uma manada de búfalos

tivesse passado por aqui, não teria havido confusão maior. Apesar disso, sem dúvida, você deve ter tirado suas próprias conclusões antes de permitir a passagem, Gregson.

– Eu tinha tanto para fazer dentro da casa que deixei essa tarefa para Lestrade.

Holmes olhou para mim e ergueu as sobrancelhas com sarcasmo.

– Com dois homens como você e Lestrade, haverá pouco para eu descobrir – disse ele.

Gregson esfregou as mãos.

– Acho que fizemos tudo o que estava ao nosso alcance – disse ele, demonstrando satisfação consigo mesmo.

Um estudo em vermelho

– Você não veio para cá de cabriolé? – Holmes perguntou de repente.

– Não, senhor.

– Nem Lestrade?

– Não, senhor.

– Então vamos dar uma olhada na sala.

Ele entrou na casa seguido por Gregson. Eu ponderei sobre a pergunta aparentemente irrelevante que ele tinha feito e entrei também pela porta da frente.

O corredor curto, que levava até a cozinha, tinha portas que davam para a esquerda e para a direita. Uma estava fechada, mas a outra

Sir Arthur Conan Doyle

estava aberta, revelando a sala de jantar onde ocorrera o caso misterioso. Holmes e Gregson entraram com confiança, mas eu o segui com certa relutância, sabendo o que havia lá dentro.

Era uma grande sala quadrada sem mobília. As paredes eram cobertas por papéis de parede feios com estampas grandes, manchados de mofo em alguns pontos. Aqui e ali, as tiras de papel tinham se soltado e ficado penduradas, expondo o gesso amarelo embaixo.

Em frente à porta, havia uma lareira vistosa, com o toco de uma vela de cera vermelha em cima.

Um estudo em vermelho

A janela solitária estava tão suja que a luz entrava nebulosa, conferindo um tom cinza opaco a tudo, o que era intensificado pela espessa camada de poeira que cobria todo o cômodo.

Eu vi todos esses detalhes de relance e só me lembrei deles mais tarde. Minha atenção estava focada na única figura imóvel que jazia esticada sobre as tábuas do chão. Era um homem que parecia ter quarenta e poucos anos, com cabelo preto encaracolado e uma barba curta e crespa. Ele estava vestido com uma sobrecasaca pesada, colete e calças de cor clara. Ao lado dele, no chão, havia uma cartola bem escovada.

Sir Arthur Conan Doyle

As mãos do homem estavam fechadas e rígidas, os braços estavam jogados para o lado, e as pernas, cruzadas nos tornozelos. Seu rosto tinha uma expressão de horror e

Um estudo em vermelho

ódio exagerada por sua testa baixa e mandíbula saliente, o que lhe dava uma aparência de macaco.

Eu nunca tinha visto uma coisa tão assustadora, o que ficava pior se somada à casa escura e suja.

Lestrade, magro e parecido com um furão como sempre, parou na porta e nos cumprimentou.

– Este caso vai causar um rebuliço – comentou ele. – Supera tudo o que eu já vi.

– Não há nenhuma pista? – perguntou Gregson.

– Nenhuma – disse Lestrade.

Sherlock Holmes se aproximou do corpo e, ajoelhando-se, examinou-o atentamente.

Sir Arthur Conan Doyle

– Você tem certeza de que não há ferimento? – perguntou ele, apontando para os respingos de sangue espalhados por toda parte.

– Absoluta! – exclamaram os dois detetives.

– Então, este sangue deve pertencer a outra pessoa; provavelmente ao assassino, se é que um assassinato foi cometido.

Enquanto ele falava, seus dedos ágeis voavam aqui e ali, sentindo, pressionando, desabotoando e

Um estudo em vermelho

examinando; e seus olhos exibiam a familiar expressão distante. O exame foi feito tão rapidamente que mal se podia perceber o quanto ele estava sendo minucioso. Por fim, Holmes se inclinou para a frente, cheirou os lábios do homem e, em seguida, olhou para as solas de suas botas de couro.

– Ele não foi movido?

– Não mais do que o necessário para examiná-lo.

– Então eu terminei – disse Holmes, ao se levantar.

Capítulo seis

Sob o comando de Gregson, quatro homens com uma maca entraram e colocaram o corpo sobre ela. Nesse momento, um anel tilintou e rolou pelo chão. Lestrade o pegou e ficou olhando, perplexo.

– Uma mulher esteve aqui. É a aliança de uma mulher – enquanto falava, ele segurou a aliança na palma da mão.

Um estudo em vermelho

Todos nós nos reunimos em volta e olhamos para o pequeno acessório.

— Isso complica as coisas — disse Gregson —, como se elas já não fossem complicadas o suficiente.

— Tem certeza de que não simplifica? — perguntou Holmes.
— Não há nada que se possa concluir olhando para a aliança. O que você encontrou nos bolsos do sujeito?

— Temos tudo aqui — disse Gregson. Ele nos levou a uma pilha de objetos em um dos degraus inferiores da escada; a maioria composta de joias. — O mais interessante é este estojo de couro russo, com cartões de Enoch

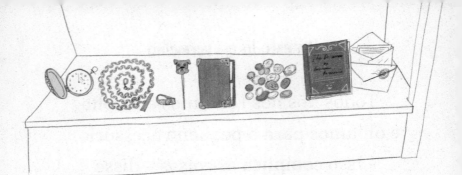

J. Drebber de Cleveland, o que corresponde ao E. J. D. bordado nas roupas da vítima, e duas cartas: uma endereçada a E. J. Drebber e outra a Joseph Stangerson.

– Para qual endereço?
– American Exchange, na Strand. Ambas são da Companhia de Navegação Guion e se referem à partida dos navios no porto de Liverpool. É evidente que o homem infeliz estava prestes a voltar para Nova York.

Um estudo em vermelho

– Você fez alguma pergunta sobre esse tal de Stangerson?

– Sim, de imediato, senhor – respondeu Gregson. – Coloquei anúncios em todos os jornais, e um dos meus homens foi para a agência da American Exchange, mas ainda não voltou.

– Você entrou em contato com Cleveland?

– Enviamos um telegrama hoje de manhã.

– Como você formulou suas perguntas?

– Nós simplesmente explicamos o que tinha acontecido e dissemos que ficaríamos contentes em receber qualquer informação.

Corpo de E. J. Drebber descoberto ontem à noite em uma casa de Londres. Nenhuma causa evidente da morte. Sangue na cena que se acredita ser de outra pessoa. Endereço fornecido: Cleveland, Ohio, EUA. Gratos por qualquer informação. Tobias Gregson, Scotland Yard, Londres.

Holmes deu risada ao ler a mensagem de Gregson. Ele parecia prestes a dizer mais alguma coisa quando Lestrade, que estava na sala de estar enquanto estávamos no corredor, saiu esfregando as mãos de uma maneira satisfeita.

Um estudo em vermelho

— Senhor Gregson — disse ele —, acabei de fazer uma descoberta da mais alta importância e que teria sido negligenciada se eu não tivesse examinado cuidadosamente as paredes.

Telegrafia

O meio de comunicação mais rápido. As mensagens são enviadas eletricamente e chegam em minutos, mas devem ser curtas, pois são cobradas por palavra. Infelizmente, ficam abertas para qualquer pessoa ler e correm o risco de cair nas mãos erradas. Por esse motivo, pode ser uma boa ideia usar um código. As mensagens devem ser enviadas de uma agência telegráfica para outra.

Sir Arthur Conan Doyle

Os olhos do homenzinho brilhavam enquanto ele falava. Pude ver que estava orgulhoso por ter marcado um ponto contra seu colega.

– Venham aqui – disse ele, voltando apressado para a sala. Depois, riscou um fósforo e o ergueu contra a parede.

– Olhem para isso!

No canto da sala, um grande pedaço de papel de parede havia sido descascado, expondo uma porção de gesso. Naquele espaço vazio, escrito em vermelho-sangue, havia uma única palavra:

RACHE

– O que você acha? – exclamou o detetive. – Isso foi esquecido porque estava no canto mais escuro da sala e ninguém pensou em olhar aqui. O assassino escreveu com seu próprio sangue. Isso prova que não foi suicídio. Por que esse canto foi escolhido? Vou contar para os senhores. Estão vendo aquela vela sobre a lareira? Estava acesa na hora. Então, este canto seria o mais claro, e não o mais escuro da parede.

– E o que significa isso que você encontrou? – perguntou Gregson. Percebi o tom de escárnio em sua voz.

– O que significa? Significa que o assassino ia escrever o nome "Rachel", mas foi impedido antes que tivessem tempo de terminar. Guarde minhas palavras: antes que este caso seja resolvido, você descobrirá que uma mulher chamada Rachel tem

Um estudo em vermelho

algo a ver com isso. É muito bom que esteja achando graça, senhor Sherlock Holmes. Você pode ser muito inteligente, mas, no fim das contas, o velho aqui é melhor.

– Eu realmente peço perdão – disse meu companheiro, que obviamente irritou Lestrade ao explodir em uma gargalhada. – Você certamente pode ficar com o crédito de ter sido o primeiro a notar essa evidência e, como você disse, parece ter sido escrito pelo outro participante no mistério desta noite. Ainda não tive tempo de examinar esta sala, então, com sua permissão, irei fazê-lo agora.

Sir Arthur Conan Doyle

Enquanto falava, Holmes tirou do bolso uma fita métrica e uma lupa e caminhou silenciosamente pela sala, ora parando ou ajoelhando-se, ora deitando-se de cara no chão. O tempo todo, ele tagarelava consigo mesmo como se tivesse esquecido a nossa presença. Ele soltava exclamações, gemidos e gritinhos de esperança. Enquanto eu o observava, ele me lembrou de um cão de caça bem treinado que corre de um lado para o outro até encontrar o rastro.

Holmes se dedicou em suas buscas por vinte minutos, medindo com exatidão cuidadosa algumas marcas que para mim eram invisíveis.

Um estudo em vermelho

Em determinado lugar, ele juntou cuidadosamente um punhado de poeira cinza do chão e colocou-o em um envelope. Finalmente, ele analisou a palavra na parede com sua lupa, examinando cada letra devagar. Quando pareceu enfim estar satisfeito, colocou a fita métrica e a lupa de volta no bolso.

Sir Arthur Conan Doyle

Gregson e Lestrade observavam os movimentos de seu colega amador com considerável curiosidade e certo desprezo, ao que me parecia. Eles evidentemente não eram capazes de apreciar o fato de que até mesmo as menores ações de Sherlock Holmes eram todas direcionadas para algum fim definitivo e prático, algo que eu estava começando a perceber.

— O que acha disso, senhor? — os dois perguntaram.

— Vocês estavam indo tão bem até agora que seria uma pena se alguém interferisse e tirasse seu crédito — disse apenas.

Um estudo em vermelho

Havia sarcasmo em sua voz, o que me fez sorrir por dentro. Eu estava achando meu novo amigo uma pessoa interessante de observar e certamente também divertida.

– Eu gostaria de falar com o policial que encontrou o corpo. Podem me dar o nome e o endereço dele?

– Ele está de folga agora – disse Lestrade, voltando uma página de seu caderninho e passando-o para Holmes.

John Rance. Audley Court, 46. Kensington Park Gate.

– Venha, doutor. Vamos procurá-lo – disse Holmes para mim depois de

Sir Arthur Conan Doyle

anotar o endereço. E então, para os dois detetives: – Vou lhes dizer uma coisa que poderá ajudá-los no caso. O assassino era homem. Ele tinha mais de um metro e oitenta de altura, estava no auge da vida, tinha pés pequenos para sua altura, usava botas grossas de bico quadrado e fumava um charuto triquinopólio. Ele veio aqui com sua vítima em um cabriolé de quatro rodas alugado, puxado por um cavalo com três ferraduras velhas e uma nova. Com toda certeza, o assassino tinha o rosto vermelho e as unhas da mão direita muito compridas. Essas são apenas algumas indicações, mas podem ajudar vocês.

Um estudo em vermelho

Era divertido ver as expressões de incredulidade de Lestrade e Gregson.

– Se este homem foi assassinado, como aconteceu? – perguntou Lestrade.

– Veneno – Holmes disse e se afastou. – Mais uma coisa, Lestrade – acrescentou ele, virando-se na porta –, "*Rache*" significa "Vingança", em alemão, por isso não perca seu tempo procurando a senhorita Rachel.

Essa última informação foi disparada como um tiro e deixou os dois detetives rivais boquiabertos.

Capítulo sete

Era uma hora da tarde quando deixamos Lauriston Gardens. Em seguida, fomos à agência de telégrafos, de onde Holmes enviou um longo telegrama. Depois, alugamos um cabriolé e pedimos ao condutor que nos levasse ao endereço informado por Lestrade.

– Não há nada melhor do que obter provas em primeira mão – disse ele, enquanto seguíamos pela

Um estudo em vermelho

rua. – Minha decisão sobre o caso já está tomada, mas podemos muito bem descobrir tudo o que houver para ser descoberto.

– Você me espanta, Holmes – comentei. – Certamente você não tem tanta certeza sobre os detalhes que deu a eles quanto finge ter, não é?

– Watson – disse ele, virando-se para mim. – A primeira coisa que notei ao chegar na casa foi que uma carruagem de aluguel havia feito dois sulcos com as rodas perto do meio-fio. Bem, até ontem à noite, não chovia fazia uma semana, então essas marcas devem ter sido feitas durante a noite.

Sir Arthur Conan Doyle

Eu balancei a cabeça em sinal positivo. Isso era verdade.

– Também havia marcas de cascos de cavalos – continuou ele –, e o contorno de uma ferradura era bem mais definido do que o das outras três, mostrando que se tratava de uma ferradura nova. Já que o cabriolé tinha parado ali depois da chuva, e nenhum dos detetives veio a bordo de um deles, tudo indica que o veículo trouxe os dois homens para a casa.

– Mas e quanto à altura do outro homem?

– Na maioria dos casos, a altura de um homem pode ser determinada pelo comprimento de suas passadas.

Um estudo em vermelho

Observei o passo desse sujeito tanto na lama quanto na poeira dentro da casa. Além disso, quando um homem escreve na parede, ele tende a escrever logo acima do nível dos olhos. Aquela palavra estava a pouco mais de um metro e oitenta do chão. Foi uma brincadeira de criança.

– E a idade dele?

– Bem, se um homem consegue dar uma passada de quase um metro e meio sem nenhum esforço, ele ainda deve estar no auge da vida. Era a largura de uma poça que ele cruzou no caminho; as botas de

couro contornaram, mas as pegadas de bico quadrado pularam direto. Não há nenhum mistério quanto a isso. Estou simplesmente aplicando algumas das regras de observação e dedução que sugeri no artigo. Há mais alguma coisa que intriga você?

Agora, eu podia ver a razão de toda a sua busca por indícios e seu exame minucioso no local, embora soubesse que quaisquer observações minhas não teriam levado às mesmas conclusões.

— Bem, e as unhas e o charuto triquinopólio?

— A escrita na parede foi feita com o dedo indicador de um homem

Um estudo em vermelho

mergulhado em sangue. Pela minha lupa, pude ver que o gesso estava ligeiramente arranhado, o que mostrava que ao menos aquela unha era comprida. As cinzas do charuto eu recolhi do chão. Eram de cor escura e esfarelavam facilmente. Essas cinzas só são produzidas por um triquinopólio. Eu fiz um estudo sobre cinzas de charuto, Watson, e escrevi um artigo sobre o assunto.

Passei a mão na testa.

– Minha cabeça está girando – disse eu. – Quanto mais eu penso, mais misterioso fica. Por que aqueles dois homens foram

Sir Arthur Conan Doyle

para uma casa vazia? Onde está
o cocheiro que os levou até lá?
De onde veio o sangue? Qual foi
o motivo do assassinato, já que
não foi roubo? Por que havia uma
aliança de mulher? E mais, por que o
segundo homem escreveria a palavra
alemã "Rache" antes de partir? Não
consigo ver como explicar esses
acontecimentos.

Holmes sorriu com aprovação.

– Você resume bem os fatos – disse
ele. – Ainda há algumas coisas a
explicar, embora eu já tenha decidido
sobre os principais. A palavra escrita
na parede era apenas uma forma
de desviar a investigação. Não foi

Um estudo em vermelho

escrito por um alemão, pois não se encaixava na maneira como um nativo teria escrito as letras. Não vou lhe contar muito mais sobre o caso, Watson. Se eu lhe explicar demais o meu método de trabalho, você vai pensar que sou uma pessoa comum, afinal.

Eu sorri.

– Eu nunca pensaria isso. Você levou a detecção ao nível de uma ciência exata tanto quanto seria possível.

– Vou lhe contar mais uma coisa – disse ele. – O Botas de Couro e o Bico Quadrado chegaram juntos no cabriolé e caminharam pela calçada

Sir Arthur Conan Doyle

de acesso à casa. Quando eles entraram, Botas de Couro parou, enquanto Bico Quadrado foi de um lado para o outro, ficando cada vez mais nervoso. Eu percebi isso pela extensão de suas passadas na poeira. Ele estava falando o tempo todo e ficando cada vez mais furioso. Então, a tragédia aconteceu. Agora, eu disse a você tudo o que sei. Precisamos nos apressar, pois quero ir ao concerto de Halle e ouvir a violinista Wilma Norman-Neruda esta tarde. Ela toca de forma belíssima.

Durante a conversa, nosso cabriolé ia seguindo por ruas sujas

Um estudo em vermelho

até que finalmente parou na mais suja de todas.

– Ali fica Audley Court – disse o condutor, apontando para um beco estreito de tijolos avermelhados. – Estarei aqui quando os senhores voltarem.

Fomos andando com cuidado entre grupos de crianças esfarrapadas e sujas que nos observavam com curiosidade, esquivamo-nos sob os varais de roupas manchadas e finalmente chegamos ao número 46. Na porta, havia uma pequena placa de latão com o nome "Rance" gravado.

Holmes bateu, e uma mulher de cabelos escuros abriu a porta, enxugando as mãos no avental.

— Gostaríamos de falar com o policial Rance — disse Holmes.

A mulher olhou para trás, na direção de uma escada.

— Ele está dormindo, senhor, mas posso acordá-lo se for importante.

Ela nos conduziu até uma pequena sala de estar.

Rance parecia um pouco irritado por ser incomodado.

— Eu fiz meu relatório na delegacia — disse ele. — Caso o assunto seja sobre o corpo.

Um estudo em vermelho

Holmes tirou uma moeda de meio soberano[1] do bolso e brincou com ela, perdido em pensamentos.

– Gostaríamos de ouvir da sua própria boca – disse ele.

– Eu ficaria muito feliz em dizer ao senhor tudo o que puder – respondeu o policial, mantendo os olhos na moeda de ouro.

– Basta dizer do seu próprio jeito.

– Vou contar desde o início – disse ele. – Meu turno é das dez da noite às seis da manhã. Além de uma briga no White Hart às onze, foi uma noite tranquila. À uma hora da manhã,

---

[1] Libra em ouro ou soberano equivale a uma libra esterlina. (N.E.)

Sir Arthur Conan Doyle

começou a chover. Eu encontrei um colega, Murcher, e ficamos juntos na esquina da Henrietta Street, conversando. Pouco depois das duas horas, pensei em dar uma olhada para ver se estava tudo certo na Brixton Road. Estava bem silencioso e eu não vi ninguém, embora um ou dois cabriolés tenham passado por mim. Eu estava pensando em como uma bebida quente cairia bem quando, de repente, um feixe de luz em uma janela chamou minha atenção. Pois bem, eu sabia que aquelas duas casas em Lauriston Avenue estavam vazias porque o proprietário nunca consertava os

Um estudo em vermelho

ralos. O último inquilino que morou em uma delas tinha morrido de febre tifoide. Fiquei surpreso ao ver uma luz na janela e suspeitei que algo estivesse errado. Quando eu cheguei à porta...

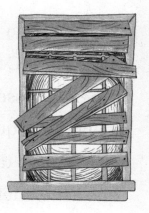

– O senhor parou e então voltou para o portão – interrompeu meu companheiro.

– Por que fez isso?

Rance saltou e olhou para Holmes com espanto absoluto no rosto.

Sir Arthur Conan Doyle

– Ora, isso é verdade, senhor –
disse ele. – Como o senhor ficou
sabendo disso, eu não faço a menor
ideia. Veja, quando cheguei à porta,
estava tudo tão quieto e solitário
que achei melhor chamar alguém.
Não tenho medo de muita coisa, mas
pensei que poderia ser o fantasma do
sujeito que morreu de febre tifoide.
Olhei para ver se conseguia ver
Murcher, mas não havia sinal dele,
nem de mais ninguém.

– Não havia ninguém na rua?

– Nenhuma alma, senhor. Então,
eu voltei e empurrei a porta. Tudo
estava tão quieto lá dentro, que eu

Um estudo em vermelho

fui para a sala onde a luz estava
acesa. Havia uma vela tremeluzindo
no console da lareira e à luz dela
eu vi...

– Sim, eu sei o que o senhor viu.
O senhor caminhou ao redor da sala
várias vezes e se ajoelhou ao lado
do corpo. Depois, tentou a porta da
cozinha, e em seguida...

John Rance se levantou de um
salto com uma expressão assustada
no rosto e suspeita nos olhos.

– Onde o senhor estava escondido
para ver tudo isso? – ele gritou.
– A mim parece que o senhor sabe
muito mais do que deveria.

Sir Arthur Conan Doyle

Holmes riu e jogou seu cartão de visitas sobre a mesa.

– Eu não sou o assassino – disse ele. – Sou um dos cães de caça, não o lobo. O senhor Lestrade e o senhor Gregson podem atestar isso. O que o senhor fez depois?

Rance se sentou novamente, ainda parecendo perplexo, e eu me identifiquei com ele.

Um estudo em vermelho

– Voltei para o portão e soprei o apito. Isso trouxe Murcher e mais dois homens.

– Então a rua estava vazia?

– Bem, vazia de pessoas que pudessem ser úteis.

– O que quer dizer?

O policial sorriu.

– Já vi muitos rapazes bêbados na minha época, mas nunca nenhum tão embriagado quanto aquele sujeito. Ele nem conseguia ficar em pé, que dirá ajudar. Nós o teríamos levado para a delegacia se não estivéssemos tão ocupados.

– Notou o rosto dele? Os trajes? – interrompeu Holmes, impaciente.

Sir Arthur Conan Doyle

– Posso dizer que sim, já que Murcher e eu tivemos que carregá-lo. Ele era um sujeito alto com um rosto vermelho, que estava semicoberto por um cachecol...

– Isso vai servir – disse Holmes. – O que aconteceu com ele?

– Nós tínhamos preocupação suficiente, por isso o ignoramos. Aposto que ele encontrou o caminho de volta para casa.

Um estudo em vermelho

– Como ele estava vestido?

– Com um casaco marrom.

– Ele tinha um chicote na mão?

– Um chicote? Não.

– Ele deve tê-lo deixado para trás – murmurou Holmes. – Você não ouviu ou viu um cabriolé de aluguel depois disso?

Rance balançou a cabeça.

– Não.

– Aqui está seu meio soberano – disse meu companheiro, levantando-se e pegando o chapéu. – Receio que você nunca subirá de cargo, Rance. O homem que você segurou nas mãos é aquele que estamos procurando. Vamos, doutor.

Capítulo oito

Voltamos para o cabriolé, deixando o policial incrédulo para trás.

— O idiota desleixado! – disse Holmes, amargamente, enquanto voltávamos para nosso apartamento. – Pense só: ele teve um golpe de sorte e não tirou vantagem disso.

— Receio que seja um mistério para mim também – admiti. – É verdade que a descrição do policial

Um estudo em vermelho

corresponde à sua ideia do segundo homem que estava na casa, mas por que ele voltaria depois de ter saído?

– A aliança, homem, a aliança. Foi para isso que ele voltou. Se não tivermos outra maneira de pegá-lo, podemos usar o anel como isca. Eu vou pegá-lo, doutor, e tenho que agradecer a você. Eu não teria ido se não fosse por você e teria perdido o melhor estudo com que já me deparei. Um estudo em vermelho, talvez? Afinal, há um fio vermelho de morte que corre pela tapeçaria da vida e nós o devemos expor. Pois bem, agora vamos almoçar e depois seguimos para o concerto. As habilidades musicais de Norman-Neruda são esplêndidas. O que é aquela coisinha de Chopin que ela toca de forma tão magnífica? Trá-lá-lá.

Holmes se recostou na cabine e cantarolou como uma cotovia enquanto eu tentava compreender as muitas facetas da mente humana.

Depois que Holmes saiu para o concerto, deitei no sofá para dormir algumas horas. A manhã tinha sido cansativa, e eu ainda não estava completamente bem. Mesmo assim, dormir foi uma tentativa inútil.

Um estudo em vermelho

Minha mente estava cheia das ações e deduções de Holmes. Eu me lembrei de como ele tinha cheirado os lábios do homem. Sem dúvida, ele havia detectado algo que parecia ser veneno. Fora isso, não havia marcas no corpo, mas muito sangue. Nenhuma arma ou sinal de briga.

Holmes voltou bem tarde – e eu sabia que o concerto não teria durado tanto tempo. O jantar estava na mesa antes que ele aparecesse.

– Foi magnífico! – disse ele quando se sentou. Então, ele me olhou com mais atenção. – Qual é o problema?

Sir Arthur Conan Doyle

O caso da Brixton Road aborreceu
você?

– Para dizer a verdade,
aborreceu, sim – respondi. –
Imaginei que eu estaria mais
endurecido depois das minhas
experiências no Afeganistão.

– Eu posso entender. O mistério do
caso estimula a imaginação. Você viu
o jornal da tarde?

– Não.

– Traz um bom relato do caso,
embora não mencione a aliança,
o que não é problema algum para
mim.

– Por quê?

Um estudo em vermelho

– Veja só este anúncio – disse ele. – Mandei para todos os jornais esta manhã.

Ele jogou o jornal para mim, e eu olhei para o local indicado. Era a primeira nota na coluna "Achados e Perdidos".

Aliança simples de ouro encontrada esta manhã em Brixton Road, na calçada entre a taverna White Hart e Holland Grove. Contatar doutor Watson, Baker Street, 221B, entre as 20h e 21h desta noite.

The Evening Standard

Sir Arthur Conan Doyle

– Desculpe por usar seu nome – disse ele. – Se eu tivesse usado o meu, alguém o teria reconhecido.

– Tudo bem – disse eu –, mas a aliança não está comigo.

– Ah, sim, está – respondeu Holmes, ao me entregar uma aliança. – Isso vai funcionar muito bem.

– E quem você espera que responda a este anúncio?

– Ora, o homem de casaco marrom: nosso amigo de rosto vermelho e sapatos de bico quadrado. Se ele não vier, vai enviar um cúmplice.

– Ele não acharia perigoso demais?

Um estudo em vermelho

– De jeito nenhum. Penso que esse homem arriscaria qualquer coisa para não perder a aliança. Acredito que ele a deixou cair enquanto se inclinava sobre o corpo de Drebber. Foi só depois de sair da casa que ele se deu conta da perda. Ele voltou correndo, mas encontrou a polícia lá, então fingiu estar bêbado para evitar suspeitas sobre o que estava fazendo naquela hora da noite. Ele pode pensar que deixou o anel cair na calçada, então iria olhar os jornais para ver se tinha sido encontrado por alguém. Por que ele deveria temer uma armadilha? Ele não veria

Sir Arthur Conan Doyle

nenhuma razão para desconfiar que o anel encontrado tivesse algo a ver com o assassinato. Ele virá. Você o verá dentro de uma hora.

— E depois?

— Ah, eu lidarei com ele. Você disse que tinha uma arma?

— Sim, meu revólver de serviço.

— É melhor limpá-lo e carregá-lo. É bom estar pronto para qualquer emergência.

Fui para o meu quarto e fiz o que ele sugeriu. Quando voltei com a arma, Holmes estava empenhado em sua ocupação favorita de raspar as cordas do violino.

Um estudo em vermelho

– A trama se complica – disse ele quando entrei. – Acabo de receber uma resposta ao meu telegrama enviado aos Estados Unidos. Minha visão do caso está correta. Coloque sua arma no bolso. Quando o sujeito vier, fale com ele normalmente. Deixe o resto comigo.

– São oito horas agora – disse eu, tirando e abrindo meu relógio de bolso.

– Sim. Ele provavelmente vai estar aqui em alguns minutos. Abra um pouco a porta e deixe a chave do lado de dentro.

Sir Arthur Conan Doyle

Enquanto ele falava, ouviu-se um toque intenso da campainha. Holmes se levantou suavemente e moveu a cadeira para ficar de frente para a porta. Ouvimos a senhora Hudson atravessar o corredor e abrir a porta. Percebi que eu estava prendendo a respiração com a expectativa.

– O doutor Watson mora aqui? – perguntou uma voz clara, mas bastante áspera. Então, ouvimos a pessoa subindo as escadas com passos incertos e arrastados. Uma expressão de surpresa passou pelo rosto de Holmes enquanto ele prestava atenção.

Bateram de leve na porta.

Um estudo em vermelho

– Entre! – eu exclamei.

Em vez do homem violento que esperávamos, uma mulher muito velha e enrugada entrou mancando na sala. Ela fez uma reverência e ficou piscando para nós com os olhos turvos, remexendo no bolso com dedos trêmulos.

Olhei para Holmes, e ele mostrava uma expressão tão sombria que tudo que eu podia fazer era manter o rosto sério.

A velha puxou um jornal vespertino e apontou para o nosso anúncio.

– É isso que me trouxe aqui, bons senhores – disse ela. – Uma aliança

Sir Arthur Conan Doyle

de ouro em Brixton Road. Pertence
à minha filha, Sally, pois ela se casou
nessa época há um ano. Seu marido
é marinheiro e, se ele voltar para
casa e encontrá-la sem a aliança, vai
custar a vida dela. Ele já é ruim o
suficiente nos melhores momentos,
mas é bem pior depois de uma
bebida. Ela foi ao circo
ontem à noite junto
com...

— Esta é a
aliança dela? –
interrompi.

— Graças aos
céus! – exclamou
a mulher. – Sally

Um estudo em vermelho

ficará feliz esta noite.
A aliança é essa mesma.

– E qual é o seu endereço? –
perguntei ao pegar um lápis.

– É Duncan Street, 13,
Houndsditch. Muito longe daqui.

– A Brixton Road não fica entre
nenhum circo e Houndsditch – disse
Holmes, incisivo.

A velha se virou e olhou para ele.

– O cavalheiro pediu meu
endereço. Sally mora em Mayfield
Place, 3, Peckham.

– E seu nome é?

– Meu sobrenome é Sawyer...
O dela é Dennis. Tom Dennis,
que é casado com ela, é um rapaz

inteligente e limpo, desde que ele esteja no mar...

– Aqui está a sua aliança, senhora Sawyer – interrompi a um sinal de Holmes. – Fico feliz em poder devolvê-la à legítima proprietária.

Com muitas bênçãos murmuradas e palavras de gratidão, a velha senhora colocou a aliança no bolso e desceu as escadas arrastando os pés.

No momento em que ela pôs o pé fora da porta, Holmes se levantou de um salto e desapareceu em seu quarto. Reapareceu instantes depois com o casaco e o cachecol.

– Vou segui-la – disse ele. – Ela deve ser uma cúmplice e vai me levar até o homem. Espere por mim.

Um estudo em vermelho

Olhando pela janela, eu a vi arrastar os pés pela rua com seu perseguidor acompanhando um pouco mais atrás. Não havia necessidade de Holmes me pedir para esperar acordado. O sono seria impossível até que eu ouvisse o resultado da aventura.

Em vez disso, resolvi ler um livro.

Capítulo nove

O tempo passou e, pouco antes da meia-noite, ouvi sua chave na porta. No instante em que ele entrou na sala, percebi que não tinha obtido sucesso. A expressão em seu rosto oscilava entre diversão e aborrecimento, mas, em seguida, por fim, ele caiu na gargalhada.

– Eu não gostaria que o pessoal da Scotland Yard ouvisse isso por nada neste mundo! – comentou Holmes.

Um estudo em vermelho

– Eles nunca parariam de rir da minha cara.

– O que aconteceu?

– Oh, não me importo de contar uma história que deponha contra mim. A mulher começou a mancar e chamou um cabriolé de quatro rodas que estava passando. Ela deu ao condutor o endereço falando tão alto, que toda a rua deve ter ouvido.

"'Siga para Duncan Street, 13, em Houndsditch', a senhora gritou.

Sir Arthur Conan Doyle

Quando ela estava dentro da cabine,
eu pulei na parte de trás do veículo
– aliás, essa é uma arte em que todo
detetive deveria ser especialista – e lá
estávamos nós sacudindo pelas ruas.
Quando chegamos à Duncan Street,
eu saltei do cabriolé antes que ele
parasse, o condutor desceu e abriu a
porta, mas ninguém desembarcou.
O motorista ficou furioso ao não
ver sua passageira ou passageiro.
Fui ao número 13 fazer perguntas,
mas ninguém tinha ouvido falar de
alguém chamado Sawyer ou Dennis."

Eu não pude deixar de sorrir.

– Você quer dizer que aquela
velha frágil foi capaz de sair de uma

Um estudo em vermelho

carruagem em movimento sem que você ou o condutor a visse?

– Velha, uma ova! – exclamou Holmes, intensamente. – É certo que fomos enganados. Deve ter sido um jovem muito ágil com talento para atuar. Ele sabia que estava sendo seguido e me aplicou um golpe.

De repente, comecei a me sentir muito cansado e deixei Holmes sentado em frente à lareira. Fui para a cama, mas, tarde da noite, ouvi os lamentos de seu violino e soube que ele ainda estava pensando no estranho problema que tinha se proposto a desvendar.

Os jornais do dia seguinte estavam cheios do "Mistério de

Sir Arthur Conan Doyle

Brixton", como a imprensa estava chamando o caso.

Holmes e eu lemos os artigos juntos no café da manhã, e eles pareceram diverti-lo muito.

The Daily News
10 de maio de 1884

ENING STANDARD
10 de maio de 1884

Afrontas desse tipo geralmente acontecem sob um governo instável, o que leva ao enfraquecimento da autoridade…

Que bom que tanto o senhor Lestrade quanto o senhor Gregson, da Scotland Yard, estão envolvidos no caso, pois é previsível que esses astutos agentes da lei rapidamente conseguirão solucionar o incidente.

não há dúvida de que esse crime teve caráter político. Todos os esforços devem ser feitos para encontrar o secretário, o senhor Stangerson, a fim de compreender os hábitos da vítima. Um grande passo foi dado com a descoberta do endereço da pensão onde ele morava – um resultado que se deveu inteiramente à astúcia e à energia do senhor Gregson, da Scotland Yard.

Um estudo em vermelho

– Eu disse a você que Lestrade e Gregson ficariam com o crédito – disse Holmes.

– Depende de como isso vai acabar – respondi.

– Não importa nem um pouco – exclamou Holmes. – Se o homem for pego, será por causa dos esforços deles; e se ele escapar, será apesar dos esforços deles.

Naquele momento, ouviu-se o barulho de muitos pés no corredor e nas escadas, acompanhados por gritos da senhora Hudson.

– O que é? – gritei.

– É a divisão da força policial de detetives de Baker Street – disse

Sir Arthur Conan Doyle

meu companheiro, e, enquanto ele falava, a porta se abriu e entrou correndo meia dúzia dos meninos mais sujos e esfarrapados que eu já tinha visto.

— Atenção! – gritou Holmes, bruscamente, e os seis garotos se alinharam lado a lado como estátuas. – No futuro, vocês devem enviar Wiggins sozinho para se reportar a mim. Vocês encontraram, Wiggins?

Um estudo em vermelho

– Não, senhor, nóis num encontrou – disse um dos meninos.

– Eu já imaginava. Vocês devem continuar procurando até encontrarem. Aqui está o salário de vocês. – Ele entregou uma moedinha a cada um. – Agora, vão e, da próxima vez, voltem com um relatório melhor.

Sherlock fez um gesto, e eles correram escada abaixo. No momento seguinte, ouvimos suas vozes estridentes na rua.

– Há mais resultado em empregar aqueles garotos do que depender de uma dúzia de membros da força policial – comentou Holmes.

Sir Arthur Conan Doyle

– A mera imagem de uma pessoa com aparência de autoridade faz as pessoas ficarem de bico calado. Esses rapazinhos, porém, vão a todos os lugares e ouvem de tudo. Eles também são extremamente espertos.

– Você os está empregando nesse caso de Brixton? – perguntei.

– Estou, pois há um ponto que desejo esclarecer. É apenas uma questão de tempo – disse ele, em tom de mistério. – Vamos ouvir algumas novidades agora! Lá vem Gregson descendo a rua com uma expressão presunçosa no rosto. Sim, ele está vindo aqui!

Um estudo em vermelho

Tocaram a campainha violentamente e, alguns segundos depois, Gregson surgiu na nossa sala de estar.

– Meu caro amigo! – exclamou ele, apertando firmemente a mão de Holmes. – Pode me dar os parabéns! Hoje eu elucidei totalmente o caso!

Uma leve expressão de ansiedade cruzou o rosto de Holmes.

– Quer dizer que você está no caminho certo?

– Melhor do que isso, senhor, já colocamos o homem atrás das grades.

– E qual é o nome dele?

Sir Arthur Conan Doyle

– Arthur Charpentier, subtenente da Marinha de Sua Majestade – declarou Gregson, esfregando pomposamente as mãos gordas e estufando o peito.

Holmes deu um suspiro de alívio e relaxou com um sorriso.

– Sente-se. Estamos ansiosos para saber como você conseguiu. Gostaria de tomar alguma coisa com a gente?

– Não seria uma má ideia – respondeu o detetive.

Um estudo em vermelho

– Os tremendos esforços que fiz nos últimos dias me deixaram exausto. E incluo esforços mentais também. O senhor vai gostar disso, Sherlock Holmes, pois nós dois trabalhamos usando o intelecto.

– Você me honra muito – disse Holmes. – Vamos ouvir como você chegou a esse resultado.

O detetive se sentou na poltrona e deu um gole em sua bebida. Então, de repente, ele deu um tapa na coxa com divertimento.

– A graça de tudo isso – disse ele – é que aquele idiota do Lestrade, que se considera tão inteligente, tomou o caminho totalmente errado. Ele está

Sir Arthur Conan Doyle

atrás do secretário, Stangerson, que não teve nada a ver com o crime, em nenhum aspecto.

A ideia agradou tanto a Gregson que ele riu até quase sufocar.

— E como você conseguiu sua pista? – perguntei.

Gregson olhou para mim.

— Claro, doutor Watson, isso fica estritamente entre nós. A primeira dificuldade foi encontrar os parentes da vítima nos Estados Unidos. Eu mal podia esperar para receber uma resposta aos anúncios que fiz. O senhor se lembra do chapéu ao lado do morto?

Um estudo em vermelho

– Lembro – respondeu Holmes.

– Feito por John Underwood and Sons, em Camberwell Road, 129.

Gregson pareceu desanimado.

– Eu não fazia ideia de que o senhor tinha notado – disse ele. – Por acaso foi lá?

– Não.

– Rá! – exclamou Gregson, aliviado. – Bem, eu fui falar com Underwood. Ele pesquisou em seus livros e encontrou a venda. Era para um certo senhor Drebber, residente na pensão Charpentier, em Torquay Terrace. Foi assim que localizei o endereço dele.

Sir Arthur Conan Doyle

— Inteligente, muito inteligente – murmurou Holmes.

— Em seguida, visitei Madame Charpentier – continuou Gregson. – Ela estava muito pálida e angustiada. A filha dela também estava na sala; uma moça muito bonita, mas com os olhos vermelhos. Enquanto eu falava com ela, seus lábios tremiam. Comecei a farejar algo errado. O senhor sabe como é, senhor Sherlock Holmes, quando a gente encontra o cheiro certo... Uma espécie de emoção toma os nervos da gente.

Um estudo em vermelho

"Perguntei se ela tinha ouvido falar da morte de um dos pensionistas, o senhor Enoch Drebber. Ela fez que sim, parecendo incapaz de falar, e a moça começou a chorar. Era óbvio que elas sabiam de alguma coisa. Em resposta à minha pergunta, madame Charpentier me disse que Drebber havia saído de casa às oito da noite. O secretário dele, o senhor Stangerson, falou que havia dois trens e ele deveria pegar o que passaria mais cedo, às 21h15.

"Eu perguntei se era a última vez que elas o tinham visto, e o rosto da madame ficou vermelho. Vários segundos se passaram antes que ela pudesse responder que sim. Depois de alguns momentos, a filha falou com a voz calma, sugerindo à mãe que contassem a verdade: que tinham visto o senhor Drebber novamente."

Holmes e eu ficamos em silêncio enquanto ouvíamos cada palavra de Gregson.

– A mãe então se virou para mim – continuou ele – e disse que me contaria tudo. Ela explicou que o nervosismo não era porque ela achava que seu filho tivesse alguma coisa a ver com o crime, mas que certamente parecia que era exatamente o caso. Eu disse a ela

Um estudo em vermelho

que, se o seu filho fosse inocente, ele não tinha nada a temer.

"O senhor Drebber tinha ficado com elas por três semanas depois de viajar com o secretário, o senhor Stangerson, por todo o continente europeu. Stangerson era um homem quieto e reservado, mas seu patrão era exatamente o oposto disso. Ele sempre estava bêbado já ao meio-dia e seus modos com os criados eram grosseiros. Parece que ele agia da mesma forma com a filha e, certa vez, ele a agarrou pelo braço e a abraçou. Madame Charpentier o mandou embora da pensão. Drebber obedeceu, mas logo voltou, ainda mais bêbado. Ele forçou a entrada na casa, dizendo que havia perdido o trem. Então ele se virou para a filha, Alice, e sugeriu que ela voltasse com ele para os Estados Unidos. A pobre Alice aparentemente gritou e, naquele momento, seu irmão, Arthur, entrou na sala. Drebber correu para a porta com Arthur vindo logo atrás. Arthur voltou em seguida, parou na porta com uma vara na mão e disse…"

Gregson olhou para seu bloco de notas.

– Ele disse: "Não acho que aquele sujeito grã-fino vai nos incomodar de novo. Eu vou atrás dele para ver

Um estudo em vermelho

aonde ele vai". Ele pegou o chapéu e saiu. Na manhã seguinte, havia notícias da misteriosa morte de Drebber.

Gregson olhou para nós.

– Então, vejam, senhores, isso indicaria que ele é culpado. Madame Charpentier disse que seu filho deve ter voltado muito mais tarde, certamente depois que ela se recolheu para dormir, às onze da noite. Como o filho está na Marinha, foi fácil encontrá-lo e assim eu o prendi imediatamente. Ele sabia do que se tratava.

– Qual é a sua teoria, então? – perguntou Holmes.

Sir Arthur Conan Doyle

– Que ele seguiu Drebber até a Brixton Road, onde houve outra briga. Drebber recebeu um golpe do bastão, talvez no estômago, que o matou sem deixar marca. A noite estava úmida, então não havia ninguém por perto, de modo que Charpentier arrastou o corpo para a casa vazia. Quanto à vela, ao sangue e à escrita na parede, RACHE podem ser truques para confundir a polícia.

– Muito bem! – disse Holmes com tom encorajador. – Ainda faremos algo por você, Gregson.

Um estudo em vermelho

– Estou orgulhoso de ter resolvido tudo de forma muito eficiente – disse Gregson com altivez. – O rapaz fez uma declaração dizendo que seguiu Drebber por um curto caminho, mas que Drebber pegou um cabriolé para fugir dele. Charpentier diz que encontrou um velho companheiro de navio e que ambos fizeram uma longa caminhada juntos. Porém, ele não conseguiu fornecer o endereço do marinheiro. Acho que a coisa toda se encaixa muito bem, e me diverte pensar que Lestrade seguiu o rastro errado. Por falar nele, aí vem o próprio!

Capítulo dez

Era, de fato, Lestrade, com uma aparência perturbada, quem havia entrado enquanto conversávamos. Ele parou no centro da sala parecendo envergonhado e atrapalhado com o chapéu.

– Esse é um caso muito enigmático – disse ele.

Um estudo em vermelho

– Ah, você acha isso – disse Gregson, triunfante. – Achei mesmo que você chegaria a essa conclusão. Conseguiu encontrar o secretário, o senhor Joseph Stangerson?

– O senhor Joseph Stangerson – disse Lestrade, com voz grave –, foi assassinado no Halliday's Private Hotel por volta das seis horas desta manhã.

A informação foi tão inesperada que nós três ficamos pasmos. Gregson saltou da poltrona, derramando sua bebida. Fiquei olhando em silêncio para Holmes, que tinha os lábios comprimidos e as sobrancelhas franzidas sobre seu olhar.

Sir Arthur Conan Doyle

– Stangerson também – ele murmurou. – A trama se complica.

– Tem certeza? – perguntou Gregson.

– Acabei de chegar do quarto onde ele estava hospedado – disse Lestrade. – Fui o primeiro a descobrir o que havia ocorrido. Eu tinha certeza de que Stangerson estava envolvido na morte de Drebber, mas agora vejo que estava enganado. Eles foram vistos juntos às oito e meia da noite na Estação Euston, e Drebber foi encontrado às duas da manhã. Eu queria descobrir o que Stangerson estava fazendo nesse meio-tempo, por isso telegrafei

Um estudo em vermelho

para Liverpool e pedi que vigiassem os navios com destino aos Estados Unidos. Então, comecei a visitar todos os hotéis perto de Euston, achando que Stangerson teria ficado em algum lugar para passar a noite antes de pegar um trem pela manhã.

– Eles devem ter concordado em se encontrar em algum lugar antes disso – disse Holmes.

– Foi o que acabou se provando. Esta manhã continuei minha busca e finalmente cheguei ao Halliday's Private Hotel na Little George Street. Eles pensaram que eu

Sir Arthur Conan Doyle

era o cavalheiro que ele estava
esperando. Por isso, um funcionário
jovem me levou ao quarto onde
ele estava hospedado, no segundo
andar. O rapaz estava prestes a
descer novamente quando notei
algo que me fez sentir mal, mesmo
com meus vinte anos de experiência.
Por baixo da porta, havia um filete
vermelho de sangue escorrido.
O funcionário quase desmaiou
ao vê-lo, mas juntos encostamos
os ombros na porta e forçamos a
entrada. A janela estava aberta e,
ao lado dela, todo encolhido, jazia o
corpo de um homem em roupas de
dormir. Ele havia sido apunhalado

Um estudo em vermelho

do lado esquerdo do corpo. E agora vem a parte mais estranha. O que acham que havia acima do homem assassinado?

Senti um arrepio na espinha e uma sensação de horror quando Holmes disse:

– A palavra "Rache" escrita com sangue.

– Exatamente – disse Lestrade.

Havia um elemento tão frio e metódico nesse crime que, apesar de eu ter sido um sujeito bem firme no campo de batalha, meus nervos agora formigavam só de pensar.

Sir Arthur Conan Doyle

— O assassino foi visto — continuou Lestrade. — Um leiteiro, passando a caminho da leiteria hoje de manhã, notou uma escada encostada em uma das janelas do segundo andar. Depois de passar, ele olhou para trás e viu um homem descendo pela escada. O homem desceu de modo tão natural que o leiteiro pensou que ele devia

Um estudo em vermelho

ser um operário. O rapaz lembrou que o homem tinha um rosto avermelhado e estava vestido com um longo casaco marrom.

Eu olhei para Holmes. A descrição do assassino coincidia exatamente com a dele, mas não havia nenhum traço de satisfação em seu rosto.

– Você encontrou alguma coisa no quarto que poderia dar uma pista? – perguntou ele.

– Nada – disse Lestrade. – O porta-níquel de Drebber estava no bolso dele e tinha cerca de oitenta libras. Não havia documentos, exceto um telegrama sem assinatura com a frase "J. H. está na Europa". Havia

Sir Arthur Conan Doyle

um copo d'água sobre a mesa e, no parapeito da janela, uma pequena caixinha de pomada contendo alguns comprimidos.

Holmes saltou da cadeira com uma exclamação de alegria.

– O último elo! – gritou ele. – Meu caso está completo!

Os dois detetives e eu olhamos para ele com espanto.

– Agora tenho nas minhas mãos – disse Holmes – todos os fios que causaram tal emaranhado. Vou dar a vocês a prova do meu conhecimento. Tem aqueles comprimidos aí?

– Sim, tenho – disse Lestrade, mostrando uma caixinha branca.

Um estudo em vermelho

– Embora eu não tenha dado nenhuma importância a eles.

Holmes a pegou e se virou para mim.

– Pois bem, doutor, essas pílulas são comuns?

Certamente não eram.

Eram pequenas, redondas e de cor cinza-perolada – quase transparentes na luz.

– Pela sua leveza e transparência, imagino que sejam solúveis em água – disse eu.

– Precisamente – respondeu Holmes.

Então, sem dizer uma palavra,

Sir Arthur Conan Doyle

ele se levantou abruptamente e
caminhou até uma mesa onde
béqueres e tubos de ensaio
continham vários líquidos coloridos.
Ele encheu um copo vazio com água
e derramou um dos comprimidos.

– Vejam só, o doutor está certo. Já
está se dissolvendo. – Em seguida,
ele adicionou um pouco de um
líquido qualquer e recostou-se com
uma expressão triunfante para
observar a reação esperada.

– Isso pode ser muito
interessante – disse
Lestrade, parecendo
perplexo –, mas não vejo

Um estudo em vermelho

sua relação com a morte do senhor Stangerson.

– Paciência, meu amigo – Holmes respondeu, sem tirar os olhos do béquer. – Você logo verá o motivo do meu experimento.

No entanto, nada aconteceu. Holmes tirou o relógio do bolso e o observou enquanto, minuto a minuto, não havia nenhuma mudança no copo. Tive pena de Holmes. Ele tamborilava os dedos na mesa, enquanto os dois detetives sorriam e pareciam satisfeitos com a falta de resultado.

– Não pode ser coincidência! – exclamou ele, por fim, pulando

Sir Arthur Conan Doyle

de sua cadeira e andando descontroladamente de um lado para o outro na sala. – As mesmas pílulas de que suspeitei no caso de Drebber foram encontradas após a morte de Stangerson, mas parecem ser perfeitamente seguras. O que isso pode significar? Certamente é impossível que toda a minha linha de raciocínio esteja errada!

Holmes de repente parou no meio do caminho.

– Ah! Já sei! Já sei!

Com um grito de alegria, ele tirou outro comprimido da caixinha, jogou-o em outro frasco e mais uma vez acrescentou o líquido.

Um estudo em vermelho

Imediatamente a água adquiriu uma estranha cor marrom-avermelhada.

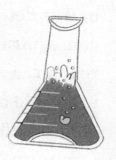

Holmes respirou fundo e enxugou o suor da testa.

– Claro! Dos dois comprimidos da caixa, um era um veneno mortal, enquanto o outro era inofensivo. Eu deveria saber disso antes mesmo de ver a caixa.

A última declaração foi surpreendente para mim, embora eu começasse a perceber que nada do que Holmes dissesse ou fizesse deveria me surpreender.

– Tudo isso parece estranho para os dois – disse ele, dirigindo-se aos

Sir Arthur Conan Doyle

outros detetives –, porque vocês não conseguiram identificar a única pista real no caso. Tendo eu descoberto isso, tudo o que aconteceu desde então confirmou minhas suspeitas. Coisas que os intrigaram só serviram para me esclarecer. É um erro confundir estranheza com mistério. O crime mais comum é frequentemente o mais misterioso porque não apresenta características novas ou especiais das quais possam ser feitas deduções. O assassinato teria sido muito mais difícil se o corpo tivesse sido encontrado na estrada sem as outras pistas ao redor. Esses detalhes estranhos, de fato, tornaram o caso mais fácil.

Um estudo em vermelho

O senhor Gregson, que ouvia com impaciência cada vez maior, não conseguiu mais ficar quieto.

– Olhe aqui, Sherlock Holmes, reconhecemos que o senhor é um homem inteligente e tem seus próprios métodos de trabalho, mas agora queremos algo além da teoria. Parece que Lestrade e eu estávamos errados. O senhor parece saber mais do que nós e por isso devemos lhe perguntar imediatamente. O senhor é capaz de dar o nome do homem que fez isso?

– Eu concordo com Gregson – disse Lestrade. – Certamente o senhor não pode mais guardar todas as evidências para si.

Sir Arthur Conan Doyle

– Qualquer demora em prender o assassino – observei – pode levá-lo a cometer outro crime.

Holmes continuou andando de um lado para o outro.

– Não haverá mais assassinatos – disse ele. – Eu sei quem é, mas a dificuldade é localizá-lo sem que ele suspeite de que estamos atrás dele. Caso contrário, o assassino pode mudar de nome e desaparecer. Sem querer ofendê-los, considero que esse homem está acima da capacidade da força policial, e é por isso que não pedi a ajuda de vocês. Se eu falhar, a culpa será inteiramente minha. Espero ter novidades em breve.

Um estudo em vermelho

Os detetives não ficaram nada satisfeitos com isso. Gregson enrubesceu até a raiz do cabelo loiro, enquanto os olhos redondos de Lestrade brilharam de curiosidade e ressentimento.

Naquele momento, bateram na porta e, logo em seguida, entrou Wiggins, um dos meninos de rua.

– Com licença, senhor – disse ele. – Estou com o cabriolé de aluguel lá embaixo.

– Bom menino – disse Holmes, tirando um par de algemas de

Sir Arthur Conan Doyle

aço de uma gaveta. – Vê como a mola funciona bem aqui?

– Nossas antigas são boas o suficiente – observou Lestrade. – A questão é apenas conseguirmos encontrar o homem para colocarmos as algemas nele.

– O condutor precisa me ajudar com a bagagem. Peça a ele para subir, Wiggins – disse Holmes.

Fiquei surpreso com suas palavras, pois não fazia ideia de que ele estava prestes a embarcar em uma viagem. Além disso, sua única bagagem era uma pequena mala, que Holmes trouxe para fora do quarto

Um estudo em vermelho

e da qual começava a apertar a alça, quando o condutor entrou.

– Apenas me ajude aqui com a fivela, condutor – disse ele, ainda demonstrando dificuldade com a bagagem.

O cocheiro avançou com uma expressão taciturna e desafiadora no rosto e se abaixou para ajudar. Em um instante, ouviu-se um estalo de encaixe, o tilintar de metal, seguido de um salto de Holmes.

– Senhores – ele gritou com os olhos brilhantes –, deixem-me apresentar aos senhores o senhor Jefferson Hope, o assassino de Enoch Drebber e Joseph Stangerson.

Capítulo onze

A coisa toda aconteceu tão rápido que não tive tempo de perceber, mas sempre me lembrarei da expressão triunfante de Holmes e do tom de sua voz, e também do rosto atordoado do cocheiro enquanto ele olhava para as algemas reluzentes que apareceram, como se por magia, em seus pulsos.

Por um momento, acho que parecíamos um grupo de estátuas.

Um estudo em vermelho

Então, com um rugido de fúria, o prisioneiro se desvencilhou das garras de Holmes e se lançou contra a janela. Antes que ele conseguisse atravessá-la por inteiro – a janela que agora estava estilhaçada – Gregson, Lestrade e Holmes pularam sobre ele e o arrastaram de volta para a sala. Ele era tão forte e feroz que nós quatro fomos sacudidos repetidas vezes. Seu rosto e suas mãos tinham sido terrivelmente cortados pelo vidro, mas a perda de sangue não afetou sua força. Só depois que Lestrade segurou seu colarinho,

Sir Arthur Conan Doyle

quase sufocando-o, que ele percebeu que havia perdido a luta. Mesmo assim, não nos sentimos seguros até amarrarmos suas mãos e pés. Então, todos nós nos levantamos, sem fôlego e ofegantes.

Um estudo em vermelho

– Estamos com o cabriolé dele – disse Holmes. – Vai servir para levá-lo até a Scotland Yard.

Sentindo-se impotente, nosso prisioneiro sorriu de maneira amigável e disse que esperava não nos ter machucado.

– Se desamarrarem minhas pernas, desço andando – disse ele.

Gregson e Lestrade trocaram olhares como se não confiassem nele, mas Holmes afrouxou as amarras em torno de seus tornozelos.

Ele se levantou, espreguiçou-se, e eu pensei que nunca tinha visto um homem de constituição mais poderosa. Seu rosto moreno e

queimado de sol mostrava uma
determinação tão formidável quanto
sua força.

– Se houver uma vaga para um
chefe de polícia, acho que você é
o homem certo para isso – disse
ele, olhando para Holmes com
admiração. – A maneira como você
seguiu meu rastro foi surpreendente.

– Eu posso conduzir a carruagem
– disse Lestrade.

– Que bom – falou Holmes. –
Gregson, você pode vir comigo...
E você também, Watson. Você
se interessou pelo caso e, já que
começou, pode ir até o fim.

Um estudo em vermelho

Concordei, contente, e descemos todos juntos, com o prisioneiro não fazendo nenhuma tentativa de fuga. Entramos na cabine; Lestrade subiu no banco do condutor e incitou o cavalo.

Quando chegamos à delegacia, um policial anotou o nome do assassino e de suas vítimas.

– O prisioneiro deve comparecer perante o magistrado dentro de uma semana – disse ele. – Nesse meio-tempo, senhor Jefferson Hope, tem algo que gostaria de dizer?

– Tenho muito a dizer – disse Hope lentamente. – Quero contar

Sir Arthur Conan Doyle

a vocês, senhores, sobre tudo o que aconteceu.

– Não seria melhor reservar isso para o julgamento? – perguntou o inspetor.

– Pode ser que eu nunca chegue a ser julgado – respondeu ele. – E eu não estou pensando em suicídio. – Ele se virou para mim com seus olhos escuros e ferozes. – O senhor é médico?

– Sou – respondi.

– Então coloque sua mão aqui – disse ele com um sorriso, apontando para o peito.

Fiz isso e percebi uma pulsação estranha ali dentro.

Um estudo em vermelho

– Minha nossa! Você tem um aneurisma da aorta! A artéria principal do seu coração está inchada como um balão.

– É isso mesmo – disse ele. – Fui ver um médico na semana passada, e ele disse que poderia estourar a qualquer momento. Fiz meu trabalho e não me importo com quanto tempo

Sir Arthur Conan Doyle

ainda me resta, mas gostaria de explicar por que fiz o que fiz. Não quero ser lembrado como um degolador comum.

O inspetor e os dois detetives tiveram uma discussão apressada.

– O senhor considera, doutor, que existe perigo imediato de morte? – perguntou o inspetor.

– Com certeza existe – respondi.

– Nesse caso, é claramente nosso dever colher seu depoimento agora. Pode fazer seu relato, senhor, mas ele será devidamente registrado.

Hope se sentou, cansado, e suspeitei de que a luta o houvesse deixado esgotado.

Um estudo em vermelho

— Já que estou à beira da morte, é improvável que eu minta para os senhores. Cada palavra é a verdade absoluta.

Ele se recostou na cadeira e começou sua história de maneira calma, enquanto Lestrade anotava tudo no caderninho.

— Os homens que matei eram culpados do assassinato de duas pessoas: um pai e sua filha. Passou tanto tempo que nenhum tribunal os condenaria. Decidi que deveria ser juiz, júri e carrasco, tudo em um. Os senhores teriam feito o mesmo se estivessem no meu lugar.

"A moça de quem falei deveria ter se casado comigo vinte anos atrás.

Sir Arthur Conan Doyle

Eu a conheci nos arredores de uma das grandes cidades dos Estados Unidos. Era uma manhã quente de junho e ela estava a caminho da cidade. Havia rebanhos de ovelhas e gado vindo das pastagens. Lucy Ferrier galopava, com o rosto corado pelo esforço físico e os longos cabelos castanhos flutuando atrás. Fui imediatamente surpreendido por sua beleza e habilidade de equitação, mas, quando ela tentou passar por uma manada de touros de olhos ferozes e chifres longos,

Um estudo em vermelho

foi repentinamente cercada pelos animais. Seu cavalo deve ter sido espetado por um chifre, pois empinou nas patas traseiras, ameaçando derrubá-la. A situação poderia ter sido fatal, mas eu agarrei seu cavalo e forcei um caminho por entre o gado."

Sir Arthur Conan Doyle

Hope se mexeu na cadeira e nós esperamos que ele continuasse.

– Ela parecia não estar ferida. Voltei para junto dos meus companheiros e continuamos nosso caminho em busca de prata, mas eu não conseguia tirar aquela moça da minha mente. Eu tinha certeza de que ela era filha de John Ferrier, pois eu a vi sair da casa dele. Ele e meu pai eram amigos.

"Naquela noite, visitei John Ferrier e ele me contou a história deles. Em 1847, ele e sua família se juntaram a um pequeno grupo rumo ao oeste em busca de um lugar para viver, mas a terra era

Um estudo em vermelho

dura e implacável, e havia ursos e bandos de indígenas. Ferrier e uma garotinha, Lucy, foram os últimos sobreviventes do grupo. Com as últimas forças, ele a carregou até um lugar alto para contemplar a planície em busca de água. Ele tinha dado o resto da comida para Lucy, e ambos ficaram lá, preparando-se para morrer, quando pessoas de um grupo religioso os encontraram e salvaram da morte certa. Drebber e Stangerson faziam parte desse grupo.

"Esse grupo os acolheu com a condição de que seguissem sua

Sir Arthur Conan Doyle

religião e estilo de vida, o que Ferrier ficou feliz em fazer. Ao longo dos anos, ele trabalhou com dedicação e construiu uma fazenda, que prosperou muito. Ele adotou Lucy

Um estudo em vermelho

como sua filha, e ela cresceu e se tornou a jovem que conheci.

"Visitei Ferrier e Lucy muitas vezes até que, finalmente, tive que partir por alguns meses. Pedi a Lucy que esperasse por mim e disse que nos casaríamos quando eu voltasse. Ela concordou prontamente, e eu me afastei antes que mudasse de ideia e desistisse de ir embora."

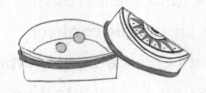

Capítulo doze

Hope fez uma pausa para tomar um gole do chá que havia sido trazido para todos nós. Olhei para Holmes, cuja expressão era de perplexidade, como se estivesse tentando encaixar a história na lacuna dos fatos que conhecíamos.

– Depois de dois meses, eu voltei – continuou Hope. – A viagem foi difícil e, por quarenta e oito horas, eu não havia comido nada. Por

Um estudo em vermelho

isso, eu cheguei exausto na porta deles, mas não antes de observar que a casa estava sendo vigiada por homens sinistros. Rastejei pelos últimos metros para evitar ser visto. Ferrier me deu carne fria e pão e, assim que comi, perguntei por Lucy.

"'Ela não sabe do perigo', Ferrier me disse, e agarrou minha mão. Ele explicou que Lucy havia sido prometida a outro homem e que o casamento aconteceria logo. John havia sido acusado de quebrar sua promessa de viver segundo o estilo de vida do grupo e por isso foi ameaçado de morte. Essas pessoas eram implacáveis e cruéis.

Sir Arthur Conan Doyle

Eles tinham dado a Lucy vinte e oito dias para escolher entre dois filhos dos líderes do grupo, como era tradicional na sociedade deles. John não queria nenhum deles para a filha. Mais tarde, descobri que Drebber e Stangerson eram esses homens. A cada dia, os Ferrier encontravam um número pintado na parede ou no chão, como uma contagem regressiva que indicava o dia da decisão de Lucy.

Um estudo em vermelho

"Eu disse a John que tinha uma mula e dois cavalos esperando em Eagle Ravine e que deveríamos partir imediatamente. Ele acordou Lucy e nós fomos de fininho para uma janela lateral da casa, já que as portas da frente e dos fundos estavam sendo vigiadas. Eu sabia que Ferrier estava triste por deixar a fazenda que havia construído a partir do zero, mas não havia escolha.

"Abrimos a janela com cuidado e esperamos até que uma nuvem escurecesse a noite. Um por um, subimos até o pequeno jardim. Em seguida, nós nos agachamos e corremos para nos esconder atrás de uma cerca-viva. Nesse momento,

Sir Arthur Conan Doyle

ouvi o pio triste de uma coruja da montanha bem perto, seguido de outro não muito longe. Percebendo que era um sinal que os homens que vigiavam a casa faziam para se comunicar, arrastei Lucy e Ferrier mais para dentro da cerca-viva. Então, duas figuras sombrias emergiram, e eu ouvi sussurrarem seus planos para sequestrar Lucy na noite seguinte.

Um estudo em vermelho

"Uma vez longe de casa, fizemos um bom progresso e encontramos a mula e os cavalos. Rapidamente, nós nos dirigimos para as montanhas. Continuamos por dois dias, àquela altura já sem provisões. Então, saí para caçar algo para comermos. Quando voltei, cerca de cinco horas depois, eles haviam sumido, e tudo o que restava era uma pequena pilha de cinzas brilhantes no lugar do fogo. Ali perto, havia uma sepultura recém-cavada, com um pedaço de pau plantado nela e uma folha de papel que dizia..."

John Ferrier
Morreu em 4 de agosto de 1860

Sir Arthur Conan Doyle

"Não havia sinal de Lucy e, depois de alguns dias, encontrei um conhecido no meu caminho de volta para a cidade. 'Você é louco de vir aqui', disse ele. 'Há um mandado contra você por ajudar os Ferrier a fugir.' Quando perguntei sobre Lucy, ele me disse que ela havia se casado com Drebber no dia anterior. Nem um mês se passou quando recebi a notícia devastadora de que ela morrera de desespero. Na véspera do funeral dela, sem me importar com minha própria segurança, entrei na sala onde ela

Um estudo em vermelho

estava sendo velada por outras mulheres. Abaixei-me e beijei sua testa fria; então peguei sua mão gentil e tirei a aliança de casamento. Lucy não deveria ser enterrada com aquele anel, que só mostrava que era propriedade de um homem que não estava nem aí para ela."

Com isso, Holmes acenou com a cabeça, e eu percebi o significado do misterioso anel de ouro. Meu coração doía por aquele homem que havia amado tanto uma mulher que tinha dado a própria vida para vingar a breve e infeliz vida dela.

– Por favor, continue – insistiu Holmes.

Sir Arthur Conan Doyle

– Depois disso, passei minha
vida tentando vingar sua morte e
caçar Drebber e Stangerson. Após
muitos anos, eu consegui avistar
um deles em Cleveland, mas ele
me viu também e me denunciou
à polícia. Quando fui solto, soube
que os dois haviam partido para
a Europa. Algum tempo depois,
eu os segui até Londres, mas não
foi fácil. Eles eram
ricos e eu era pobre.
Então, tive a ideia
de me candidatar
a condutor de
carro de aluguel,
já que conduzir

Um estudo em vermelho

carruagens e andar a cavalo são algo muito natural para mim. O trabalho mais difícil era me localizar, mas eu tinha um mapa ao meu lado e, depois de saber onde ficavam os principais hotéis e estações, acabei me dando muito bem.

"Por fim, descobri onde os dois cavalheiros estavam morando: em uma pensão em Camberwell. Eu deixei crescer a barba para me disfarçar e os persegui sem descanso, esperando minha oportunidade. Foi fácil segui-los no meu cabriolé sem levantar suspeitas, embora eles devam ter desconfiado que houvesse algum perigo, porque nunca saíam

Sir Arthur Conan Doyle

sozinhos e, depois do anoitecer, nem acompanhados. Drebber estava bêbado a maior parte do tempo, mas Stangerson estava sempre alerta. Eu os segui por duas semanas antes de ter minha chance.

"Eu estava passando pela pensão deles, certa noite, quando um cabriolé parou do lado de fora e

Um estudo em vermelho

a bagagem foi trazida. Drebber e Stangerson vieram logo atrás. Eu os acompanhei de perto. Eles pararam na estação Euston e desceram. Deixei um menino segurando meu cavalo e os segui. Eu os ouvi perguntar pelo trem para Liverpool, mas o guarda disse que ele tinha acabado de partir e que não haveria outro por várias horas.

Sir Arthur Conan Doyle

Eu estava tão perto que podia ouvir tudo o que diziam. Drebber falou que tinha um pequeno assunto a resolver e que encontraria com Stangerson mais tarde. Stangerson não gostou da ideia, pois eles haviam concordado em não se separar. Porém, finalmente decidiram que, se perdessem o último trem, eles se encontrariam no Halliday's Private Hotel.

"Lá estava minha chance, afinal, depois de todos aqueles anos. Mas não fui muito precipitado e planejei minhas ações com cuidado. Eu conhecia uma casa em Brixton que estava vazia. Eu tinha levado

Um estudo em vermelho

um cavalheiro até lá para ver a propriedade, e ele havia deixado cair as chaves na minha cabine. Agora, eu só tinha que decidir como levar Drebber até lá, então o segui. Depois de parar em várias lojas de bebidas, ele cambaleou em sua caminhada e, finalmente, parou um cabriolé de aluguel. Eu o segui no meu e fiquei surpreso quando ele voltou à pensão onde morava."

Capítulo treze

Nesse momento, Hope ergueu os olhos e pediu um copo d'água.

— Minha boca está ficando seca com toda essa conversa.

Entreguei o copo e ele bebeu.

— Depois de um quarto de hora ou mais, houve uma comoção na casa e dois homens irromperam pela porta: um deles era Drebber, e o outro, um estranho. Esse sujeito segurou Drebber pelo colarinho e o

Um estudo em vermelho

jogou na rua. Drebber cambaleou um pouco pela via, viu meu cabriolé e saltou para dentro.

"'Leve-me ao Halliday's Private Hotel', disse ele.

"Quando ele entrou na cabine, meu coração pulou de tanta alegria que pensei que meu aneurisma pudesse estourar ali mesmo. Eu não tinha intenção de matá-lo a sangue-frio. Ele tinha uma chance de viver. Há alguns anos, eu estava trabalhando como faxineiro em um laboratório quando um professor mostrou a seus alunos um produto químico extraído de algum tipo de

Sir Arthur Conan Doyle

veneno de flecha sul-americano.
Peguei um pouco para mim e sempre
o levava comigo.

"Era quase uma da manhã, em
uma noite desolada e selvagem;
o vento soprava forte e estava
chovendo torrencialmente. Não havia
uma alma à vista. Drebber estava
encolhido em um sono profundo e
eu o sacudi pelo braço. 'É hora de
sair', eu disse. Pensando que estava
no hotel, ele saiu e me seguiu pelo
jardim. Abri a porta e o ajudei a
entrar e ir para a sala da frente.

"'Está escuro', disse ele, batendo
os pés.

"'Já vamos ter luz', respondi,
riscando um fósforo e acendendo

Um estudo em vermelho

uma vela de cera que eu havia trazido comigo. 'Pois bem, Enoch Drebber', eu disse, virando-me para ele e segurando a vela no meu rosto. 'Quem sou eu?'

"Ele olhou para mim e lentamente uma expressão de horror apareceu em sua face. Com essa visão, eu sorri: a vingança seria doce.

"'O que você acha de Lucy Ferrier agora?', eu gritei, fechando a porta e balançando a chave na cara dele. 'O dia da punição demorou, mas finalmente chegou até você.'

"'Você seria capaz de me matar?', ele perguntou.

"'Assassinato?', eu disse. 'Quem está falando em matar um cachorro

Sir Arthur Conan Doyle

louco? Que misericórdia você teve com minha querida Lucy quando partiu seu coração inocente?'

"Eu empurrei para ele uma caixinha com uns comprimidos que levava comigo. 'Deixe Deus julgar entre nós. Escolha um comprimido e coma. Há morte em um deles e vida no outro. Vou pegar para mim o que você deixar. Vamos ver se há justiça na Terra, ou se somos governados pelo acaso.'

Um estudo em vermelho

"Ele se encolheu com gritos selvagens e orações por misericórdia, mas finalmente me obedeceu. Engoli a pílula restante e ficamos nos encarando em silêncio por um ou dois minutos, esperando para ver quem viveria e quem morreria. Jamais esquecerei a expressão no rosto dele quando surgiram os primeiros sinais de que o veneno estava em seu organismo. Eu ri ao mesmo tempo em que segurava a aliança de casamento de Lucy na frente de seus olhos. O veneno agiu rapidamente. Ele cambaleou e caiu pesado no chão. Estava morto!"

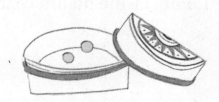

Capítulo catorze

Ficamos todos em silêncio enquanto ouvíamos essa história horrível e percebíamos o que vinte anos de amargura e ódio poderiam fazer a um homem.

— O sangue começou a escorrer do meu nariz — continuou o condutor — e não sei o que me fez escrever na parede com ele. Talvez fosse para colocar a polícia no caminho errado. Lembrei-me de um caso em Nova

Um estudo em vermelho

York em que um alemão escreveu a palavra "Rache", o que confundiu a polícia e os jornais. Só depois eu saí, mas, depois de percorrer um trecho curto da rua, descobri que a aliança de Lucy não estava no meu bolso. Voltei, deixando meu cabriolé em uma rua lateral. Acabei me deparando com a polícia, então fingi que estava completamente bêbado.

– E Stangerson? – perguntou Gregson.

– Stangerson... – disse Hope. – Eu fiz o mesmo com ele para vingar a dívida de John Ferrier. Esperei o dia todo do lado de fora do Halliday's Private Hotel, mas ele não saiu.

Sir Arthur Conan Doyle

O homem era astuto e estava sempre de guarda. Na manhã seguinte, usei uma escada que encontrei caída e entrei em seu quarto pela janela. Descrevi a morte de Drebber para ele e dei-lhe a mesma escolha de comprimidos. Em vez de aceitar a chance que eu ofereci, ele voou na minha garganta e eu fui forçado a cravar uma faca nele em autodefesa.

Um estudo em vermelho

"E isso é tudo o que tenho a dizer, senhores. Continuei trabalhando com meu cabriolé de aluguel por alguns dias, juntando dinheiro suficiente para voltar aos Estados Unidos. Eu estava no pátio hoje quando um jovem maltrapilho perguntou se havia um condutor chamado Jefferson Hope, pois ele estava sendo chamado por um cavalheiro da Baker Street, 221B. Fui até lá sem esperar que algo de ruim fosse acontecer, porém, quando dei por mim, esse rapaz aqui havia prendido as algemas nos meus pulsos. Essa é a minha história, senhores. Vocês podem me

Sir Arthur Conan Doyle

considerar um assassino, mas acho que sou um agente da justiça tanto quanto vocês."

Todos nós tínhamos ouvido essa história emocionante com a máxima atenção. Quando Hope terminou, ficamos sentados em silêncio por alguns minutos em uma imobilidade que só foi interrompida pelo arranhar do lápis de Lestrade em seu caderninho.

Finalmente, Holmes falou:

– Quem é seu cúmplice, que veio buscar o anel que anunciei no jornal?

O prisioneiro piscou.

– Eu vi seu anúncio e pensei que poderia ser um truque, então meu

Um estudo em vermelho

amigo se ofereceu para ir ver. Acho que o senhor vai concordar que ele se saiu muito bem, não?

– Sem dúvida – disse Holmes.

Nós fomos interrompidos pelo inspetor.

– Senhores, o prisioneiro vai comparecer perante os magistrados na quinta-feira, e será exigida a presença de vocês.

Ele tocou uma campainha, e Jefferson Hope foi levado por dois policiais. Em seguida, meu amigo e eu voltamos para Baker Street.

Na quinta-feira, porém, não precisamos ir ao julgamento. Naquela mesma noite após sua captura, o aneurisma de Jefferson Hope estourou, e ele foi encontrado na manhã seguinte no chão de sua cela com uma expressão satisfeita no rosto.

— Gregson e Lestrade vão ficar loucos com a morte dele – disse Holmes quando nos sentamos perto da lareira na noite seguinte.
— Um julgamento no tribunal teria aumentado a reputação deles.

— Mas eles não foram os responsáveis pela captura – eu disse.

— Não é o que você faz neste mundo que conta – disse Holmes, amargamente –, mas o que você pode fazer para as pessoas acreditarem que você fez. De qualquer modo, eu

Um estudo em vermelho

não teria perdido essa investigação por nada. Por mais simples que fosse, vários aspectos foram muito instrutivos.

– Simples! – exclamei.

– Bem, não posso descrever de outra forma – disse Holmes, sorrindo. – Com uma mera dedução, eu consegui colocar minhas mãos no criminoso em três dias.

– Isso é verdade – disse eu.

– Já expliquei que algo fora do comum é uma vantagem para resolver o mistério. Existe também uma habilidade bastante útil, e muito fácil, que as pessoas não praticam muito: a arte de raciocinar ao contrário. Se você contasse um

resultado, poucas pessoas seriam
capazes de lhe dizer os passos que o
levaram a esse resultado. Deixe-me
mostrar as diferentes etapas do meu
raciocínio.

Eu me encostei na poltrona e
esperei que ele me instruísse.

– Como você sabe, eu me
aproximei da casa a pé – começou
Holmes, preparando seu cachimbo.
– Comecei examinando a rua onde
encontrei, como você também
sabe, as marcas de um cabriolé,
que devia ter estado lá durante a
noite. Eu sabia que era um cabriolé
de aluguel pela marca das rodas.
Então, peguei a calçada de entrada
e examinei as pegadas. Consegui

Um estudo em vermelho

identificar as pegadas da polícia e, por baixo delas, as pegadas dos dois homens que tinham passado antes pelo jardim. Esse foi o segundo elo, que me indicou que dois visitantes tinham passado por ali: um alto, como mostrado pelo comprimento de suas passadas, e outro com trajes da moda, a contar por suas botas pequenas e elegantes.

"Ao entrar na casa, percebi que o homem bem-vestido estava deitado diante de mim, o que fazia do homem mais alto o assassino. Não havia ferimento em seu corpo, mas a expressão no rosto me indicou que ele tinha visto o destino antes que este se abatesse sobre ele. Depois de aproximar o nariz dos lábios do morto, detectei um cheiro azedo e cheguei à conclusão de que ele havia sido envenenado.

"Agora vinha a grande questão: o motivo. Não era roubo. Era política, então, ou uma mulher? Os assassinos políticos geralmente fazem seu trabalho e fogem, mas esse homem tinha permanecido ali e escrito na parede. Quando a aliança foi encontrada, a questão ficou resolvida.

"Fiz um exame cuidadoso da sala, o que confirmou a altura do assassino, o comprimento de suas unhas e o fato de ele fumar charutos triquinopólios. Como

Um estudo em vermelho

não havia sinais de luta, o sangue devia ter vindo do assassino. Suspeitei de uma hemorragia nasal e, consequentemente, de um homem com o rosto vermelho.

"Já tinha deduzido que o homem que havia entrado na casa também conduzia o cabriolé, porque as marcas na rua indicavam que o cavalo tinha andado um pouco, o que não teria acontecido se houvesse alguém segurando-o. E que melhor maneira de seguir alguém do que em um carro de aluguel? Presumi que ele continuaria exercendo a profissão por enquanto para evitar suspeitas, então recrutei a ajuda dos meus

Sir Arthur Conan Doyle

garotos de rua e os enviei a todas as empresas de carros de aluguel em Londres até que descobrissem o homem que eu queria.

"O assassinato de Stangerson foi inesperado, mas, por causa dessa tragédia, eu fiquei de posse dos comprimidos, que confirmaram como Drebber tinha sido envenenado. Veja, a coisa toda é uma cadeia de sequências lógicas sem interrupção ou falha."

– É maravilhoso! – exclamei.
– Suas habilidades devem ser reconhecidas publicamente. Você deve publicar um relato desse caso. Se não o fizer, eu faço por você.

Um estudo em vermelho

– Pode fazer o que quiser, doutor – respondeu ele. – Veja aqui.

– Ele me entregou uma cópia do Echo e apontou para um artigo.

– Não contei isso a você quando começamos? – disse Holmes com uma risada. – Esse é o resultado do nosso estudo em vermelho: eles ganharam uma medalha!

– Não importa – respondi. – Tenho todos os fatos no meu diário e o público deve conhecê-los. Enquanto isso, você deve se contentar em conhecer seu próprio sucesso.

Holmes sorriu com seu jeito ligeiramente divertido e presunçoso, recostou-se na poltrona e acendeu o cachimbo.

Detetive Sherlock Holmes

O detetive particular de renome mundial, Sherlock Holmes, resolveu centenas de mistérios e é o autor de estudos fascinantes como *Os primeiros mapas ingleses* e *A influência de um ofício na forma da mão*. Além disso, ele cria abelhas em seu tempo livre.

Doutor John Watson

Ferido em ação em Maiwand, o doutor John Watson deixou o exército e mudou-se para Baker Street, 221B. Lá ele ficou surpreso ao saber que seu novo amigo, Sherlock Holmes, enfrentava o perigo diário de resolver crimes, então começou a documentar as investigações dele. O doutor Watson atende em um consultório médico.